ABSALON,

TRAGEDIE,

Tirée de l'Ecriture Sainte.

DEDIÉE AU ROY.

Par M DUCHE', *de l'Académie Royale des Inscriptions.*

A PARIS,

Chez ANISSON, Directeur de l'Imprimerie Royale,
ruë de la Harpe.

M. DCCII.

AVEC PRIVILEGE DU ROY.

AU ROY.

IRE,

VOici le second Ouvrage que j'ose
presenter à VOSTRE MAJESTÉ. Elle
a daigné le faire servir plusieurs fois à

EPISTRE.

ſes amuſemens. Elle ne luy a point refuſé ſes éloges, & la penſion dont elle vient de m'honorer, apprend qu'il ſuffit de ſouhaiter de luy plaire, pour eſtre comblé de ſes bienfaits. Ce deſir, SIRE, m'a tenu lieu de merite auprés de VOSTRE MAJESTÉ. Si elle a eſté touchée de quelques endroits de cette Tragédie, je doy ce bonheur aux ſentimens de pieté & de religion que le caractere d'un Roy ſelon le cœur de Dieu m'a fourni, & qui ſont ſi conformes à ceux que VOSTRE MAJESTÉ a fait de tout temps éclater. Elle vient récemment de montrer à toute l'Europe ces ſentimens ſi dignes d'un Monarque Chré-

EPISTRE.

tien, & l'Envie mesme se voit forcée de les admirer. En effet, SIRE, quel exemple de modération & de justice passera plus glorieusement à la posterité, que celuy d'un Roy, qui sacrifiant ses interests à la foy des Traitez, aime mieux donner à ses ennemis le temps de se préparer à soutenir la rupture injuste qu'ils méditent, que de manquer à sa parole sacrée ; d'un Roy qui met tout en usage pour les rappeller au soin de leur propre gloire, en leur offrant la Paix ; qui n'étend son bras sur eux que quand ils le forcent de s'armer, & qui ne se permet de vaincre, que lorsqu'il est contraint de punir. L'Univers entier, SIRE,

EPISTRE.

reconnoiſtra dans cette image l'Auguſte Portrait de VOSTRE MAJESTE'.
Quels triomphes ne doivent pas eſtre
le prix de tant de vertus ! Nous n'en
doutons point, SIRE : le Ciel qui vous
conduit ne ceſſera point de ſe déclarer pour vous ; en vain les Nations
ſe ſont liguées contre l'Oint du Seigneur & contre ſon Fils, en vain elles
s'uniſſent pour affoiblir une Puiſſance qu'elles ne peuvent regarder qu'a-
vec des yeux jaloux : celuy qui regne
dans les Cieux renverſera les projets de
ces peuples aveuglez, il ſemera entre-
eux l'eſprit de diſcorde, il les punira
dans ſa colere, & ils ne recueilleront

EPISTRE.

de leur audace, que la honte & le repentir. Tel eſt, *SIRE*, le ſuccés que
VOSTRE MAJESTÉ doit attendre,
tels ſont les deſirs & l'eſpoir de tous
vos peuples, & les vœux que forme
avec ardeur,

SIRE,

DE VOSTRE MAJESTE',

Le trés-humble, trés-obéïſſant,
& trés-fidelle Serviteur & ſujet.
DUCHE' DE VANCY.

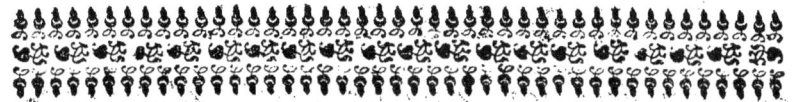

PREFACE.

JE croy qu'il eft inutile de parler icy du fujet de cette Tragédie. L'Hiftoire d'Abfalon eft connuë de tout le monde, on fçait l'homicide qu'il commit en la perfonne de fon frere Amnon, les artifices dont il fe fervit pour rentrer en grace auprés de David, ce qu'il fit dans la fuite pour féduire les Ifraëlites, enfin fa révolte, la guerre qu'il déclara à fon pere, & quel genre de mort fut le fruit & le prix de fa rebellion.

Je ne m'arefteray donc qu'à répondre aux objections que l'on me pourroit faire fur les libertez que j'ay crû pouvoir me donner en traittant ce fujet.

Telle eft celle que je prens d'adoucir le caractere d'Abfalon. Toutes fes actions nous le repréfentent, non feulement comme un jeune Prince ambitieux que le defir de regner entraîne, & qui fe porte aveuglément à des excés auxquels la violence de fa paffion pourroit peuteftre donner quelque excufe, fi nos paffions nous pouvoient excufer; mais ces mefmes actions nous le font voir comme un homme qui marche dans la voye de l'iniquité avec refléxion, qui connoiffant toute l'atrocité de fon entreprife, la conduit avec une prudence criminelle, qui joint l'artifice à l'audace, & qui s'étant accouftumé longtemps à regarder le crime fans horreur, s'eft enfin acquis la funefte facilité de le commettre fans remors.

Un caractere fi odieux, ne pouvoit eftre celuy du Héros d'une Tragédie. J'ay penfé qu'il m'eftoit permis

de

de le déguiser, & de tourner toute l'indignation des fpe-
ctateurs contre Achitophel, qui d'ailleurs l'auroit fuffifam-
ment meritée. J'ay fait faire à Abfalon les mefmes cho-
fes que l'Hiftoire facrée nous rapporte qu'il fit; mais je
les luy ay fait faire, féduit par ce Miniftre, & quelquefois mefme n'ayant aucune part dans les deffeins à la réuf-
fite defquels il fert. Cela a rendu mon Héros tel, à ce
que je croy, qu'il doit eftre; fon ambition le rend affez
criminel pour mériter la mort, mais il ne l'eft point affez pour ne pas infpirer quelque regret quand on le void
mourir; ainfi en excitant la pitié, il jette dans le cœur
cette crainte falutaire qui nous fait appréhender que de
pareilles foibleffes, ne nous jettent dans d'auffi grands
malheurs. Tel eft le but de la Tragédie; elle doit plaire; mais, en mefme-temps, elle doit inftruire, & fon prin-
cipal objet eft de purger les paffions.

L'Ecriture Sainte m'a fourni prefque tous mes autres
caracteres. Tels font ceux de David, de Joab, d'Achitophel, de Cifaï; c'eft à mes Lecteurs à juger fi je les ay
rendus bien ou mal.

Pour le perfonnage de Tharés, on ne le trouvera point
dans le Texte facré; il eft entiérement de mon inven-
tion, & il a affez contribué au fuccés de cet Ouvrage,
pour me flatter que les jugemens du public ne me feront point répentir de l'avoir imaginé. Je ne l'ay pas
placé néantmoins fans quelque fondement: l'Hiftoire
Sainte laiffe penfer qu'Abfolon avoit une femme dans le
temps de fa révolte, & elle marque qu'il avoit alors une
fille parfaitement belle, nommée Thamar. Cette Princeffe ne doit point eftre confonduë avec l'autre Thamar
qui fut violée par Amnon: rien ne nous apprend quelle fut

é

la deſtinée de cette derniere ; mais nous ſçavons que celle qui fut fille d'Abſalon, épouſa dans la ſuite Roboam fils de Salomon qui aprés la mort de ſon pere ne régna que ſur les deux Tribus de Juda & de Benjamin.

L'endroit où je me ſuis le plus écarté de la verité eſt celui où je raméne Abſalon mourant. Il n'y a perſonne qui ne ſçache que Joab le perça de trois dards à l'arbre où il eſtoit demeuré ſuſpendu ; que ce fut là que ce Prince mourut, & qu'enſuite il fut jetté dans une foſſe tresprofonde, que les Soldats comblerent de pierres qu'ils éleverent en forme de Tombeau.

Je ſçay le reſpect que l'on doit aux Livres ſacrez. Les moindres faits qui y ſont contenus ne peuvent eſtre alterez ſans crime. Saint Paul & les Peres de l'Egliſe, aprés luy, ont tous regardé ces faits comme des figures myſtérieuſes, & des événemens prophétiques qui annonçoient ce qui devoit arriver à Jeſus-Chriſt & à ſon Egliſe. Auſſi avois-je réſolu de ne m'écarter en aucune façon de l'Hiſtoire. On auroit appris la mort d'Abſalon par un ſimple récit, & j'avois reſiſté à la tentation de mettre ſur le Theatre une Scéne qui ne me paroiſſoit pas devoir eſtre la moins pathetique de ma Piece. Cependant je conſultay mes doutes à des perſonnes qui par leur pieré, leur capacité, & le rang qu'elles tiennent dans l'Egliſe, pouvoient non ſeulement m'authoriſer dans cet Ouvrage ; mais qui ſeroient en droit de le faire dans un Ouvrage qui traiteroit des matieres de foy. J'eus le plaiſir de voir mes ſcrupules levez, & l'on ne trouva point de raiſons qui dûſſent m'empeſcher de traitter ma derniere Scéne, comme on verra que je l'ay traitée à la fin.

Voila les objections principales que l'on me pourroit

faire. On y en pourroit ajoûter beaucoup d'autres, auſ-
quelles je ne puis répondre d'avance, ne pouvant les pré-
voir. Il y a peu d'ouvrages qui ne fourniſſent de juſtes
matieres à la critique; le plus parfait eſt ordinairement
celuy dans lequel il ſe trouve le moins de fautes; & de
quelques applaudiſſemens que j'aye eſté honoré, je ne
ſuis point encore aſſez vain pour croire que le mien puiſſe eſtre mis au nombre des moins défectueux.

ACTEURS.

DAVID Roy d'Ifraël.

MAACHA Femme de David.

ABSALON Fils de David.

THARE'S Femme d'Abfalon.

JOAB Géneral des Armées de David.

ACHITOPHEL.
CISAÏ ou CHUSAÏ. } Miniftres de David.

ZAMRI Confident d'Achitophel.

UN ISRAELITE.

GARDES.

La Scéne eft prés des murs de la Ville de Manhaïm,
dans la Tente de David.

ABSALON,

ABSALON.

TRAGEDIE.

❦❦❦❦❦❦❦❦❦❦❦❦❦❦❦❦❦

ACTE I.

SCENE I.

ABSALON. ACHITOPHEL.

ACHITOPHEL.

Quel excés, ô Ciel, ofez-vous vous por-
ter?

Vous vous perdez, Seigneur, eſt-il temps
d'éclater?

A ces ardents tranſports, deffendez de paroiſtre.

ABSALON.

Non, non Achitophel, je n'en fuis plus le maiſtre;

A

Le perfide Joab, fier de plaire à ſon Roy,
Sans reſpect pour mon rang, s'oſe attaquer à moy:
Il cherche en irritant le couroux qui m'enflame,
A me faire trahir le ſecret de mon ame,
Et répand dans ce Camp, que les ſéditieux,
N'ont appris que par moy noſtre abord en ces lieux.
Ah! j'atteſte du Ciel l'immortelle puiſſance,
Qu'Abſalon puniſſant un ſujet qui l'offenſe,
N'en aura pas eſté vainement outragé!

ACHITOPHEL.

Avant la fin du jour, vous en ferez vangé:
Moderez cependant cette haine éclatante.

ABSALON.

Je l'ay trop ménagé, ſon inſolence augmente;
Adonïas, mon frere, appuyant ſes projets,
Ils ont crû m'abaiſſer au rang de leurs ſujets;
Toy-meſme, ouvrant mes yeux ſur leur intelligence,
J'ay vû que prés du Roy ménageants leur vengeance,
Et chaſſants de David tout amour paternel,
Je perdois pour jamais le Sceptre d'Iſraël.
Le Roy pour ſucceſſeur alloit nommer mon frere;
Eh! comment retenir une juſte colere?

Moy, je pourrois fouffrir qu'un frere audacieux
Ravît, ou partageât la Couronne à mes yeux!
Ah! fi vangeant ma fœur des fureurs d'un perfide
J'ay pû rougir mon bras d'un affreux homicide:
Si ce mefme Joab, pour avoir retardé,
De fe rendre à l'endroit où je l'avois mandé,
Vit le fer & le feu, conduits par ma vengeance,
De fes fertiles champs moiffonner l'efperance;
Crois-tu, que les projets par ma haine enfantez
Gardent un prix plus doux à fes téméritez?

ACHITOPHEL.

Sufpendez donc, Seigneur, l'ardeur qui vous anime:
Jufqu'au pied de l'Autel conduifons la Victime;
Dans mes juftes deffeins, auffi hardi qu'heureux,
J'ay fait à la revolte animer les Hebreux;
Accablez, gémiffants fous des Tirans avides,
Leur timide fureur n'attendoit que des guides;
Amafa de ma part a fervi leur couroux,
Ou plûtoft Amafa les a féduits pour vous.
Tout nous a réüffi; leur armée intrépide,
N'a point trouvé d'obftacle à fa courfe rapide:
Retracez-vous encor cette nuit dont l'horreur

Juſqu'au ſein de David a porté la terreur,
Lors que Jéruſalem ouvrant toutes ſes portes,
Et des ſéditieux appuyant les cohortes,
L'a forcé, ſans ſecours d'armes ni de ſoldats,
De porter juſqu'ici ſa frayeur & ſes pas.

ABSALON.

Que n'éclatois-je alors! nous n'avions rien à craindre,
Dans le ſang de Joab ma rage alloit s'éteindre;
Car enfin ſa valeur, il le faut avoüer,
A contraint de tout temps l'Envie à le loüer.
Il peut faire entre nous balancer la Fortune:
Et j'aurois prévenu cette crainte importune;
A ſuivre ici David devois-tu me forcer?

ACHITOPHEL.

La Tribu d'Ephraïm nous pouvoit traverſer:
J'ignore meſme encor, ſi, ſous nos loix rangée,
Dans la ſédition elle s'eſt engagée.
Zamri dans un moment va nous en informer,
Rien aprés ce ſuccés ne nous doit allarmer.
Paroiſſez, j'y conſens; loin que l'on nous ſoupçonne,
Voſtre pere en ces lieux à ma foi s'abandonne,
Ainſi ſans hazarder... mais le Roy vient à nous,

Joab le fuit ; cachez un dangereux couroux.

ABSALON.

Ah ! fortons ; ma fureur ne pourroit fe contraindre.

SCENE II.

DAVID. ABSALON. ACHITOPHEL.
JOAB. GARDES.

DAVID.

DEmeurez Abfalon ; j'ai fujet de me plaindre.
Vous fçavez que Joab eft cheri de fon Roy,
Cependant...

ABSALON.

Quoi Seigneur, en s'attaquant à moi,
Un fujet...

DAVID.

Retenez un couroux qui me bleffe.
Qu'Achitophel demeure
aux Gardes.
& vous que l'on nous laiffe.
Les Gardes fe retirent & David continüe.

Le Ciel femble fur nous épuifer fes rigueurs;
Quel temps avez vous pris pour défunir vos cœurs?
L'infolent Amafa comblant fes perfidies,
Leve fur moi fes mains par ma fuite enhardies;
Aprés avoir féduit mes plus braves fujets,
J'ai vû Jérufalem appuyer fes projets;
J'ai vû mefme Sion, monument de ma gloire,
Theâtre criminel d'une affreufe victoire,
Me chaffer de fon fein, & de mon ennemi,
Juftifier l'orgueil par ma honte affermi.
Quel jour! je m'aprêtois plein d'honneur & d'années,
A fixer de mes Fils les hautes deftinées;
Lors que d'ingrats fujets comblez de mes bontez,
M'ont puni de l'excés de leurs félicitez.
Je l'avoüe à vos yeux, en proye à mes allarmes,
Mes malheurs m'ont vaincu, j'ai répandu des larmes:
Enfin par des chemins impratiquez, obfcurs,
Nous fommes arrivez à l'abri de ces murs.
Mais en vain Manhaïm nous prefente un azile;
Amafa va bientoft nous le rendre inutile.
J'apprens que chaque jour les rebelles Hebreux,
Groffiffent à l'envi fes bataillons nombreux.

Enyvré du fuccés, il approche, il s'avance;
Il veut dans noftre fang confommer fon offenfe;
Et fi nous ne fongeons à prévenir fes coups,
Avant la fin du jour il va fondre fur nous.
Peut-eftre mefme, helas! fes troupes criminelles
Ont déja de mon fang rougi leurs mains cruelles.
Peut-eftre dans Hébron, mon fils Adonïas,
A-t-il trouvé la mort qui marche fur nos pas.
Que dis-je, un trouble affreux redouble encor ma
    peine;
Il a fallu laiffer voftre Epoufe & la Reine.
Le zélé Cifaï s'eft chargé de leur fort:
Mais qui fçait s'il a pû les fouftraire à la mort,
Si pour venir nous joindre, il peut fuir avec elles!
Ah! loin de m'affliger par d'injuftes querelles,
Prefts à nous voir tomber dans les mains des vain-
    queurs,
Pour vous, pour voftre Roy, réüniffez vos cœurs;
Puifqu'il nous refte encor un rayon d'efperance,
Du fage Achitophel confultons la prudence,
Et qu'une noble ardeur fçache nous réünir,
Pour attendre un rebelle, ou pour le prévenir.

ABSALON.

Je l'avoüerai, Seigneur, mon aveugle colere
A trop flaté l'orgueil d'un ſujet téméraire.
J'ai dû le mépriſer, ou le faire punir;
Mais quel autre, aprés tout, eût pû ſe contenir?
L'inſolent... car en vain je me force au ſilence,
M'accuſe d'abuſer de voſtre confiance;
Par moi, s'il en eſt crû, vos rebelles ſujets,
Ont dû de noſtre fuite apprendre les projets.
Mon indiſcrétion, ſource de nos diſgraces,
Les a juſqu'au Jourdain amenez ſur nos traces:
Il veut de nos malheurs m'imputer la moitié,
Lui, qu'avec Amaſa, joint le ſang, l'amitié,
Et qui, s'il faut ici chercher des Infidelles,
Doit eſtre plus ſuſpect qu'aucun de nos Rebelles.

JOAB.

Moi ſuſpect, juſte Ciel; qu'oſe-t-on avancer?
Non, le Prince, Seigneur, ne ſçauroit le penſer.
Je ne me lave point d'une injure cruelle:
C'eſt à ceux de qui l'ame, & laſche & criminelle,
A ces honteux excés ſe pourroit oublier,
D'emprunter des raiſons pour ſe juſtifier.

Informé

Informé qu'Amafa par un avis fincere,

Avoit de nos deffeins dévoilé le myftere,

J'ay dit qu'un confident, ou traiftre, ou peu difcret,

Peut-eftre avoit du Prince appris noftre fecret;

Voilà quel eft mon crime, & le feul trait d'audace,

Qui puiffe d'Abfalon, m'attirer la difgrace.

    Un plus jufte fujet demande fon couroux,

N'en doutez point, Seigneur, un traiftre eft parmi

    nous.

C'eft peu qu'on ait appris nos démarches paffées,

Le perfide Amafa lit mefme en nos penfées;

Du Pontife Sadoc, le fage & digne fils,

M'éclaire chaque jour par de fecrets avis;

Un billet qu'en mes mains il a fçû faire rendre,

M'apprend que l'ennemi veut ici nous furprendre.

Qu'il fçait qu'aux Gétéens nous avons eu recours;

Que demain fous ces murs, l'on attend leur fecours,

Que voulant m'oppofer à des troupes rebelles,

J'ay propofé, fans fruit, d'aller fondre fur elles,

Qu'Achitophel alors contraire à mes avis,

A luy feul empefché qu'ils n'ayent été fuivis.

B

DAVID.

Ainſi le fort cruel trompe ma prévoyance:
Mais ſur qui doit tomber ma juſte défiance?
Quel barbare en ces lieux, pour me perdre eſt caché!
Et peut voir mes malheurs, ſans en eſtre touché!

JOAB.

Ne perdons point de temps; ſongeons, quel qu'il
    puiſſe eſtre,
A prévenir ſes coups, plûtoſt qu'à le connoiſtre.
Vous ſçavez quel courage anime vos ſoldats;
Ils braveront la mort, en marchant ſur vos pas.
Venez; & du Jourdain franchiſſant les rivages,
Au rebelle Amaſa, fermons en les paſſages:
Je joindray le perfide, & luy perçant le flanc,
Je laveray la honte imprimée à mon ſang.
Envain tout Iſraël s'arme pour un rebelle;
Le nombre ne doit point rallentir noſtre zéle.
Des méchants dans le crime engagez laſchement,
Combattent avec crainte, & vainquent rarement,
La ſolide valeur n'admet point l'injuſtice.
Ce ſont des criminels, qui craindront le ſupplice.
Vous les verrez tremblans, tomber à vos genoux,

Et déja leurs remords ont combattu pour nous.

Au reste, pour un fils ne prenez point d'allarmes;
Je fçay qu'Adonïas eft déja fous les armes,
De nos malheurs preffants, inftruit par mon fecours,
Tout Juda s'eft armé pour conferver fes jours:
Mais de ce cofté feul la tempefte menace;
Il faut à fes éclats oppofer noftre audace,
Et j'ofe préfumer que ce deffein hardi,
Sera d'Achitophel juftement applaudi.

ACHITOPHEL.

Oüy, Seigneur, de Joab j'admire le vray zéle.
Jamais dans vos Etats un fujet plus fidelle,
Ne vous a mieux prouvé fon courage & fa foy,
Et n'a mieux merité l'eftime de fon Roy.
Le projet qu'à prefent fa valeur luy fuggére,
Peut devenir heureux, pourvû qu'on le différe:
Demain les Gétéens unis à vos foldats,
Contre les Révoltez marcheront fur nos pas;
Et s'il faut qu'un combat décide nos querelles,
Remettons à ce temps à punir des Rebelles.
Le plus jufte parti n'eft pas toûjours vainqueur,
Et le nombre a fouvent fait céder un grand cœur.

Quant aux ſecrets qu’ici peut révéler un traiſtre,
S’il en eſt parmi nous, cherchons à le connoiſtre;
Quoi-qu’il en ſoit Joab termine l’embarras;
Dés que les Gétéens auront joint nos ſoldats,
Nous pourrons, plus nombreux, tenter le ſort des
　　armes;
Cependant, pour la Reine appaiſez vos allarmes.
Zamri nous doit bientoſt inſtruire de ſon ſort,
Et je ne puis penſer, que livrée à la mort.....

D A V I D.

Eh! que n’entreprend point la rage d’un perfide,
Qui porte ſur ſon Roy ſa fureur homicide?
Toutefois, diſſipons d’inutiles erreurs.
Veüille le Ciel plus doux écarter tant d’horreurs:
Toûjours à vos diſcours ſa ſageſſe préſide,
Et je croy que par vous c’eſt elle qui me guide,
Je ſuivray vos conſeils. L’excés de ma douleur,
Ne m’ôte point l’eſpoir de vaincre mon malheur.
Le Dieu, qui tant de fois conduiſit mon Armée,
Aux campagnes d’Ammon, dans les champs d’Idu-
　　mée,
Maiſtre & juſte vangeur des droits des Souverains,

Ne mettra point mon Sceptre en de rebelles mains;

Du regne de David ſa parole eſt le gage.

Allons de mes ſoldats affermir le courage.

Vous combattrez, mon fils, auprés de voſtre Roy.

Joab continuëra de commander ſous moy.

Je doy ce foible honneur à ſon zéle ſincere,

N'ayez plus contre-luy ni haine ni colere.

Je me rends le garant de tous ſes ſentimens;

Daignez donc l'honorer de vos embraſſemens.

à Achitophel.

Et vous, dés qu'en ce camp Zamri pourra ſe rendre,

Conduiſez-le; je veux luy parler, & l'entendre.

SCENE III.

ABSALON. ACHITOPHEL.

ACHITOPHEL.

JE le voy bien, Seigneur, il faut nous décou-
vrir.

ABSALON.

Quel ſupplice cruel mon cœur vient de ſouffrir !

Que cet embraſſement à redoublé ma haine !

ACHITOPHEL.

Rendez voftre vengeance égale à voftre peine.

Voici l'heureux inftant que tout doit éclater,

Il faut partir... Eh quoy! qui vous peut arrefter?

Tantoft avec Joab ne pouvant vous contraindre,

Voftre jufte fureur ne voyoit rien à craindre.

ABSALON.

Ah! ce n'eft point Joab qui fufpend mon couroux;

Cependant....

ACHITOPHEL.

.... Achevez. Ciel! je fremis pour vous.

La Victoire a fuivi le parti de vos armes;

Mais quel fujet affreux de douleur & d'allarmes,

Si la foudre en vos mains, prefte à vous obéïr.

Alloit en vains éclats fe perdre & vous trahir.

Que dis-je! nous avons trop groffi le nuage,

Pour pouvoir en éclairs voir diffiper l'orage:

Vous, ou vos ennemis, en fentirez les coups;

S'il ne tombe fur eux, il va fondre fur vous:

Joab de nos complots percera le myftere,

Et ne vous flattez point fur les bontez d'un pere;

Adonïas eft Roy, vous eftes immolé,

Si l'un de nos fecrets eſt enfin révelé;

J'avoüeray que frapé d'une importune idée,

Ma vertu quelquefois ſe trouve intimidée;

Mais mon zéle pour vous étouffe mes remords,

Et dans les grands périls, il faut de grands efforts.

Raſſûrez donc, Seigneur, voſtre ame trop craintive.

A B S A L O N.

J'ay conduit tes projets; il faut que je les fuive.

Mais, preſt à voir mon bras s'armer contre mon Roy,

Dois-je avoir moins de crainte & de vertu que toy!

Ecoute, & juge donc des troubles de mon ame.

Tu fçais contre Joab quelle rage m'enflame:

Mon cœur inceſſamment dans ſa haine affermi,

N'admet point de pardon pour un tel ennemi.

Mais en vain ma fureur foutient mon entreprife:

La raifon mefme en vain l'anime & l'autorife;

Preſt à me nommer Chef de la rebellion,

Je fens fléchir ma haine & mon ambition:

Mes juftes déplaifirs, mes craintes legitimes,

A l'afpect de mon Roy, me paroiſſent des crimes.

J'ay beau me rappeller, que devant ſon trépas,

Mes deſſeins ne ſont point d'envahir ſes Etats,

Que juſqu'à ce moment, content de mon partage,
Je ne veux que punir un ſujet qui m'outrage,
Et me faire nommer l'unique Succeſſeur,
Du Trône dont mon Pere eſt juſte Poſſeſſeur;
Vains détours! je ne puis me cacher à moy-meſme,
A quoy doit m'obliger le ſang, le Diadême;
En proye à des remords ſans ceſſe renaiſſans,
Je fais pour les chaſſer des efforts impuiſſans,
Et pour comble des maux ou mon malheur me livre,
Je ne puis ſans horreur reculer, ni pourſuivre.

ACHITOPHEL.

A des ſcrupules vains faut-il vous arreſter,
Seigneur! fuyez un lieu propre à les irriter:
Au milieu des ſoldats que vous allez conduire,
Libre des préjugez qui viennent vous ſéduire,
Vous verrez qu'appuyé ſur d'équitables loix,
Vous pouvez vous armer pour ſoutenir vos droits.
Partez donc, & chaſſez une crainte frivole.
Le moment le plus cher comme un autre s'envole.
Dés qu'auprés de ce Camp paroiſtront vos ſoldats,
J'iray vous conſacrer mes conſeils & mon bras:
Ma fuite, juſques-là, découvriroit la voſtre,

Et

Et peut-eftre fans fruit nous perdroit l'un & l'autre:
Cependant, attendons pour fortir de ces lieux,
Que Zamri de retour… mais il s'offre à nos yeux.

SCENE IV.

ABSALON. ACHITOPHEL. ZAMRI.

ABSALON.

EH bien! en quel eftat as-tu laiffé l'Armée?

ZAMRI.

Seigneur, d'un zéle ardent on la voit animée.
La Tribu d'Ephraïm vient de fe joindre à nous:
Pour paffer le Jourdain on n'attend plus que vous.
Cependant, un fpectacle ici va vous furprendre;
Cifaï dans ce Camp vient enfin de fe rendre,
Il conduit à David un renfort de foldats,
La Reine voftre mere accompagne fes pas;
Et la jeune Thamar, fruit de voftre hymenée,
Eft avec voftre Epoufe en ces lieux amenée.

ABSALON.

Quel fatal contretems vient troubler nos deffeins.

C

ACHITOPHEL.

Non, Seigneur, noſtre ſort eſt toûjours dans vos
    mains;

Cachez-leur nos ſecrets avec un ſoin fidelle,

Et laiſſez gouverner tout le reſte à mon zéle.

Commencez par remplir un trop juſte devoir;

La Reine vient; partez, allez la recevoir.

Quelque obſtacle nouveau que le Ciel faſſe naiſtre,

De voſtre prompt départ je vous rendray le maiſtre:

Je réponds du ſuccés; repoſez-vous ſur moy.

ABSALON.

Et bien prépare tout; je m'abandonne à toy.

SCENE V.

ACHITOPHEL. ZAMRI.

ACHITOPHEL.

NOus ſommes ſeuls; prens part à ma ſecrete
    joye:

Enfin mes ennemis vont devenir ma proye.

Joab, Abiatar, Aduram, Ciſaï,

Le ſuperbe Sadoc, le fier Abiſaï,

Tous ceux qui réünis par leur haine commune,
Prétendent fur ma chutte élever leur fortune,
Avant la fin du jour, furpris, envelopez,
Me rendront par leur mort tous mes droits ufurpez.

ZAMRI.

Quoy! vous croyez, Seigneur, qu'étonné de l'o-
rage,
David voudra livrer...

ACHITOPHEL.

Je connois ton courage;
Je fçay quel eft ton zéle & ta fidelité,
J'en ai befoin; aprens ce que j'ay projetté.
Dés qu'en ces lieux la nuit fera prefte à defcendre,
Les troupes d'Amafa doivent ici fe rendre;
Et le fignal donné des murs de Manhaïm,
Séba doit foulever les foldats d'Ephraïm.
La garde de David, victime de leur rage,
Laiffera par fa perte un champ libre au carnage.
Là mes yeux de plaifir & de haine enyvrez,
Du fang de mes rivaux feront défalterez:
Toute vaine pitié nous doit eftre interdite.
Pour le Roy; nous devons faciliter fa fuite;

Mais à ſon déſeſpoir s'il ſe livre aujourd'huy,
Ses malheurs & ſa mort retomberont ſur luy.
Que te diray-je enfin, nos troupes fortunées,
D'un ſuccés glorieux vont eſtre couronnées;
Et ſervant Abſalon au-delà de ſes vœux,
Je vais mettre en ſes mains le Sceptre des Hebreux.

Z A M R I.

Mais ne craignez-vous point que plein de ſa ſurpriſe,
Abſalon ne condamne une telle entrepriſe?
Verra-t-il ſans horreur ſon Pere détrôſné?

A C H I T O P H E L.

Abſalon ſe verra triomphant, couronné,
Vengé d'un ennemi ſoigneux de luy déplaire;
Et duſſent tous mes ſoins attirer ſa colere,
Un Troſne acquis ainſi le doit épouvanter;
Et, qui le luy donna, le luy pourroit oſter:
D'ailleurs, quoy qu'en ce jour ma fureur éxecute,
Il aura beau s'en plaindre, il faut qu'il ſe l'impute.
Attentif à nourrir ſes inclinations,
J'ay fait, à mes deſſeins, ſervir ſes paſſions:
Par là, mes attentats deviennent ſon ouvrage:
Mais ta frayeur ici me forme un vain orage,

Allons & ménageons des inftans prétieux;

La Reine, je l'avoüe, ici bleffe mes yeux.

Faifons partir le Prince, & tafchons par adreffe,

A faire de ces lieux éloigner la Princeffe,

Je fçay fur Abfalon, jufqu'où va fon pouvoir,

Et j'ay craint le plaifir qu'il va prendre à la voir,

Pour elle fon amour va jufqu'à la foibleffe;

Mais, quelque effet qu'ici produife leur tendreffe,

Soit qu'ils partent, ou non, cours au camp d'Amafa,

Qu'il fe hafte & s'empreffe à feconder Séba:

Demain, les Gétéens rendus fous cette Ville,

Noftre projet pourroit devenir moins facile,

Il faut les prévenir; cependant, viens au Roy,

Par un recit trompeur impofer à fa foy,

Et le moment d'aprés, va, cours en diligence,

Hâter le doux inftant marqué pour ma vengeance.

ZAMRI.

Mais, Seigneur, que diray-je! & que luy rapporter!

ACHITOPHEL.

Viens; ton recit eft preft, je vais te le dicter.

Fin du Premier Acte.

ACTE II.

SCENE I.

ABSALON. THARES. THAMAR.

THARES.

NON, vous vous obſtinez vainement à vous
taire ;

Ce ſilence renferme un funeſte myſtere ;

Quoy ! loin de vous offrir à nos embraſſemens,

Vous ſemblez à regret voir nos empreſſemens !

Quel trouble dans vos yeux, quelle triſteſſe em-
preinte,

Frappe & glace mon cœur de douleur & de crainte !

Hélas ? depuis le jour qu'un peuple audacieux,

Vous contraignit à fuir ſes complots furieux :

Stupides de frayeur, de honte conſternées,

Interdites, ſans voix, aux pleurs abandonnées,

Le Ciel ſeul ſçait combien j'ay tremblé pour vos
jours :

Enfin, de nos ennuis interrompant le cours,

Cifaï, fecondé de guerriers intrépides,

S'offre à venir ici guider nos pas timides:

Nous partons, & livrée à l'efpoir le plus doux,

Mes defirs emportoient mon ame jufqu'à vous.

Je refpirois par tout le moment plein de charmes,

Où voftre veüe alloit me payer de mes larmes.

Vain efpoir! quand la Reine arrivant dans ces lieux,

Voit la joye & l'amour briller dans tous les yeux,

Quand le Roy femble mefme oublier fa difgrace,

Vous feul en m'abordant, interdit, tout de glace,

Semblez me préfager de plus affreux malheurs,

que ceux à qui mes yeux ont donné tant de pleurs.

ABSALON.

N'imputez point Tharés à mon peu de tendreffe,

Ce que dans mes regards vous voyez de trifteffe.

Mille foins differens, mille importans projets,

Sufpendent de mon cœur les mouvemens fecrets;

Ma gloire me deffend de m'en laiffer furprendre.

THAMAR.

Eh mon pere! daignez un moment les entendre.

Pouvez vous me laiffer dans le trouble où je fuis!

Nous venons prés de vous partager vos ennuis;

Quels que ſoient les périls qu'en ces lieux j'enviſage,
Seigneur, voſtre froideur me touche davantage :
Laiſſez tomber ſur nous un regard plus ſerain.

ABSALON.

Ma Fille, vous cherchez à vous troubler en vain.
Pour Tharés & pour vous, mon cœur toûjours le
     meſme,
Reſſent vos déplaiſirs, les partage, & vous aime :
Mais cet amour a beau me flater en ſecret ;
Je ne puis ſous ces murs vous voir qu'avec regret ;
Entourez d'ennemis, leur fureur menaçante,
A juſque dans ce camp répandu l'épouvante ;
L'effroy, l'horreur, la mort, bientoſt ſous ces rem-
     parts,
Vont au gré du deſtin errer de toutes parts ;
Eſt-il temps que mon cœur ſe livre à ſa tendreſſe ?

THARE'S.

Eh bien ! viens-je éxiger de vous quelque foibleſſe ?
Viens-je rendre, Seigneur, par des ſoupirs honteux,
Entre la gloire & moy le Triomphe douteux ?
Je formerois en vain cette indigne eſperance ;
Mes pleurs ſur voſtre cœur ont perdu leur puiſſance.
Mais

Mais non ; mes fentimens, toûjours dignes de vous,
Ne feront point rougir le front de mon Epoux ;
Courez où le devoir & l'honneur vous appelle ;
Mais daignez foulager ma triftefſe mortelle ;
Ne me déguifez plus, quels fecrets déplaifirs,
A voſtre cœur preſſé dérobent des foupirs ;
Car enfin, quel que foit le danger qui vous preſſe,
Quoi-que puiſſe, pour nous, craindre voſtre ten-
    dreſſe,
Vous avez deû, Seigneur, content de ce grand jour,
Nous voir avec tranfport venir dans un féjour,
Où de moindres périls menacent noſtre teſte,
Qu'aux lieux où nos Vainqueurs n'ont rien qui les
    arreſte.
D'autres motifs cachez caufent voſtre embarras.

ABSALON.

Oüy, j'ay d'autres motifs, je ne m'en deffens pas ;
Vous ne pouvez fçavoir les maux dont je foupire.

THARE'S.

Je ne puis les fçavoir ! & vous me l'ofez dire !
Ainfi nos cœurs n'ont plus les mefmes interefts ?
Eh bien, Seigneur, il faut refpecter vos fecrets ;

D

Pour la premiere fois, inſenſible à mes plaintes,
Voſtre cœur m'a celé ſes deſirs & ſes craintes;
Je n'en murmure point: mais que juſqu'à ce jour,
Il n'ait montré pour moy ni froideur, ni détour;
Que par mille douceurs, il m'ait accoûtumée,
Au plaiſir innocent d'aimer & d'eſtre aimée;
Que ce cœur juſqu'ici n'ait rien pû me cacher,
C'eſt ce que ma douleur oſe vous reprocher.

ABSALON.

Le temps ſeul peut vous faire approuver ma con-
　　duite;
Sans me blaſmer, Tharés, attendez-en la ſuite;
Mais faites plus encor, & croyez mon amour:
Partez, abandonnez un funeſte ſéjour;
Abſalon, à regret, toutes deux vous renvoye;
Mais fuyez; que Sion dans ſes murs vous revoye:
Zamri, dans un moment y doit guider vos pas:
Le ſage Achitophel luy fournit des ſoldats:
Recevez un adieu qui m'arrache à moy-meſme.
Allez.

THARES.

Que je m'éloigne ainſi de ce que j'aime!

Que ma fuite honteuſe aille juſtifier,
Ce que vos ennemis ont oſé publier.

ABSALON.

Quoy ? que voulez-vous dire ? & qu'ont-ils fait entendre ?

THARE'S.

Ignorez-vous les bruits qu'ils viennent de répandre ?
C'eſt vous, ſi l'on en croit leurs traits calomnieux,
Qui ſoufflez la révolte à nos ſéditieux.

ABSALON.

Moy !

THARE'S.

    Ces honteux diſcours ſont venus à la Reine.
Objet infortuné de ſon injuſte haine,
Elle m'a reproché que d'un ſang étranger,
Parente de Saül, je voulois le venger;
Et que, s'il ſe pouvoit que vous fuſſiez coupable,
J'avois, de vous ſéduire, eſté ſeule capable :
Mais je puis diſſiper ces doutes inſultans;
Voſtre gloire, Seigneur, a gémi trop long-tems.
Qu'on prépare à Zamri les plus cruels ſuplices.
De la rebellion il connoiſt les complices;

D ij

Il en eſt; que le Roy le force à déclarer.....

ABSALON.

Et ſur quel fondement pouvez-vous l'aſſurer?

THARE'S.

Le jour qui précéda celuy de noſtre fuite,
J'errois dans le Palais ſans deſſein & ſans fuite,
Un inconnu m'aborde & les larmes aux yeux,
Zamri vient, me dit-il, d'arriver en ces lieux;
Si le Ciel vous permet de rejoindre mon Maiſtre,
Dites-luy qu'il s'aſſure au pluſtoſt de ce traiſtre;
Il ſçaura des Hebreux le complot criminel;
Enfin qu'il craigne tout, & meſme Achitophel.

ABSALON *à part.*

Juſte Ciel !

THARE'S.

          A ces mots, voyant quelqu'un paroiſtre,
Il me quitte, & je cherche en vain à le connoiſtre.
Voilà ce qu'à David je prétens révéler.
Les tourments forceront un perfide à parler;
Allons, & que le traiſtre au milieu.....

ABSALON.

                    Non Madame.

Renfermez pour jamais ce fecret dans voſtre ame;
J'ay mes raiſons.

T H A R E's.

Qui ? moy; qu'oſez-vous m'ordonner ?
Vos deſſeins, vos diſcours, tout me fait friſſonner :
Malheureuſe, eſt-il vray ?.... Mais, Seigneur, je me
    trouble,
Calmez au nom du Ciel ma crainte qui redouble;
Si vous m'aimez Seigneur, diſſipez mon effroy ;
Je partiray; daignez vous confier à moy.

A B S A L O N.

Je le voy bien, il faut vous ouvrir ma penſée;
Peut-eſtre en l'apprenant en ſerez-vous bleſſée :
Quoi-qu'il en ſoit, le ſort en eſt enfin jetté,
Et rien ne changera ce que j'ay projetté.
Sans crainte, dans ces lieux, je puis me faire enten-
    dre;
Ma Fille, laiſſez-nous.

T H A R E's *à part.*

Ciel ! que va-t-il m'apprendre !

SCENE II.

A B S A L O N. T H A R E′ S.

A B S A L O N.

MAdame, vous fçavez par quels motifs fecrets,
Joab, d'Adonïas foutient les interefts ;
Que fa haine pour moy ne peut plus fe contraindre ;
La mienne trop long-tems s'eft bornée à fe plaindre ;
Trop long-temps, du devoir, efclave malheureux,
J'ay connû, j'ay fouffert fes complots dangereux ;
De vils flateurs, regnants fur l'efprit de mon Pere,
Faifoient pencher fon cœur du cofté de mon Frere,
Il alloit, oubliant tout amour paternel,
Me chaffer pour jamais du Trône d'Ifraël ;
Le perfide Joab emportoit la balance.
Achitophel, enfin, a rompu le filence,
J'ay connu mon malheur, mes amis offenfez,
Ont pris...

T H A R E′ S.

Ah ! je voy tout, Seigneur, c'en eft affez.
Epargnez-vous l'horreur de me dire le refte.
O ! de mes noirs foupçons, fource affreufe & funefte !

Et vous avez conçû cet horrible deſſein?

Rien ne peut, dites-vous, l'oſter de voſtre ſein?

Ah! duſſiez-vous, pour prix de mon amour fidelle,

Voüer à voſtre Epouſe une haine immortelle,

J'oppoſeray du moins mes larmes, mes ſoupirs,

Au coupable ſuccés où tendent vos deſirs.

ABSALON.

Vous vous formez, Madame, une trop noire idée,

Des ſoins dont vous voyez mon ame poſſedée;

Je ne veux point ravir le Sceptre de mon Roy,

Mais m'aſſurer un bien qui doit n'eſtre qu'à moy.

THARE'S.

Et croyez-vous, Seigneur, pouvoir vous rendre
  maiſtre,

Des troubles criminels que vous avez fait naiſtre?

Achitophel en vous n'a cherché qu'un appuy.

Vous eſtes ſon pretexte, il n'agit que pour luy.

De cet embraſement que ne dois-je point craindre.

Vous l'avez allumé, vous ne pourrez l'éteindre:

Mais non, repentez-vous, il en eſt encor temps;

Haſtez-vous, ſaiſiſſez de prétieux inſtans.

ABSALON.

Que j'abandonne ainſi l'eſpoir d'une Couronne,
Que le ſang, que mes droits, qu'un peuple entier
    me donne;
Que Joab voye, au gré de ſon dépit jaloux,
Sa haine triompher de mon juſte couroux!

THARE'S.

Non, il ne vous hait point; l'envie & l'impoſture,
Vous ont fait de ſon cœur une fauſſe peinture;
Mais, dût-il contre-vous, conjuré pour jamais,
Braver voſtre pouvoir, traverſer vos ſouhaits;
Duſſiez-vous, moins chéri d'un Pere qui vous aime,
Renoncer ſans retour à Sceptre, à Diadême,
Quels maux, quelles horreurs pouvez-vous com-
    parer,
Aux malheurs où ce jour eſt preſt à vous livrer?
Je veux que tout ſuccéde au gré de voſtre envie;
Quelle honte à jamais va noircir voſtre vie!
Que n'oſera-t-on point contre-vous publier!
Le Trône a-t-il des droits pour vous juſtifier?
Vous chercherez vous-même en vain à vous ſéduire,
Vous verrez quels chemins ont ſçû vous y conduire;

                    La

La vertu, le devoir devenus vos bourreaux,

Au fonds de voſtre cœur porteront leurs flambeaux.

La crainte & les remords vous ſuivront ſur le Trône.

Eh quoy ! pour eſtre heureux faut-il une Couronne ?

Eſt-ce un affront pour vous de ne la point porter ?

Vos vertus ſeulement la doivent meriter.

N'allez point, pour joüir d'une indigne vengeance,

Flétrir tant d'heureux jours coulez dans l'innocence.

Applaudi, reveré, chacun vous fait la cour.

Vous eſtes d'Iſraël & la gloire & l'amour.

Pour remplir vos deſirs, tout s'unit, tout conſpire.

Conſervez ſur les cœurs ce doux & noble empire ;

Enfin, ſi voſtre Epouſe a ſur vous du pouvoir,

Si mes humbles ſoupirs vous peuvent émouvoir,

Souffrez que la raiſon puiſſe au moins vous conduire ;

Et croyez, qu'au moment que je cherche à détruire

Le funeſte complot que vous avez formé,

Jamais mon tendre cœur ne vous a plus aimé.

ABSALON,

Oüy Tharés, je connoís quelle eſt voſtre tendreſſe ;

E

Je voy, qu'en me parlant, elle ſeule vous preſſe;
La mienne a pris, pour vous, trop de ſoin d'éclater,
Vous la connoiſſez trop, pour en pouvoir douter.
Si dans ce grand projet compriſe intereſſée,
Du moindre des périls vous eſtiez menacée,
Sans me faire parler, vos pleurs ni vos ſoupirs,
Je vous immollerois ma haine & mes deſirs;
Mais ſouffrez que j'acheve une entrepriſe heureuſe.
La crainte maintenant eſt ſeule dangereuſe.
Duſſay-je voir enfin mon deſſein avorté,
Je vous l'ay déja dit, le ſort en eſt jetté.
Au reſte, qu'un ſecret d'une telle importance,
Demeure anéanti dans un profond ſilence.

T H A R E S.

Ne craignez rien, Seigneur, le plus rude trépas,
A mes regards offert, ne m'ébranleroit pas:
Mais quand vous pourſuivez cette affreuſe entre-
 priſe,
A ſuivre ma fureur, le devoir m'autoriſe,
Et ma mort...

A B S A L O N.

Quels diſcours! & qu'oſez-vous penſer?

THARE'S.

Non, Seigneur, mon deſtin ne ſe peut balancer;
Je ne vous verray point engagé dans le crime.
Le Ciel ici m'inſpire un projet magnanime.
Vous quitterez, Seigneur, un deſſein odieux,
Ou vous verrez Tharés immolée à vos yeux.

ABSALON.

Ah! ſi vous vous portez à cette violence...

THARE'S.

Contraignez-vous, Seigneur, la Reine ici s'avance.

SCENE III.

LA REINE. ABSALON. THARE'S.

LA REINE.

QU'ay-je entendu, mon Fils! quels bruits in-
jurieux,
La calomnie enfante, & répand dans ces lieux!
On veut que des mutins vous flattiez l'inſolence:
Prés d'un Pere allarmé j'ay pris voſtre deffenſe;
Quoy qu'au ſang de Saül voſtre étroite union,
Vous faſſe ſoupçonner d'un peu d'ambition,

E ij

Je connois vos vertus ; mon cœur vous croit fidelle,
Et dans un Fils ſi cher ne peut voir un rebelle.

THARE'S.

Madame, ſi Saül m'a donné la clarté,
De ſa haine pour vous je n'ay point herité :
Ce Sang dont j'ay toûjours ſoutenu la nobleſſe,
Ignore ce que c'eſt que crime & que baſſeſſe ;
Mais avant qu'il ſoit peu vous me connoiſtrez mieux.
Madame, je me tais ; le Roy s'offre à mes yeux.

SCENE IV.

DAVID. LA REINE. THARE'S.
ABSALON. CISAÏ.

DAVID.

JE vous cherche Abſalon. Noſtre péril aug-
mente.
Nos inſolens Vainqueurs préviennent noſtre attente.
Zamri m'avoit flatté, que, lents à s'avancer,
Au-delà du Jourdain ils craignoient de paſſer,
Il s'eſt trompé ; leur nombre a redoublé leur rage.
Ils viennent achever leur ſacrilege ouvrage ;

Mais loin d'eftre faifis d'une indigne terreur,

Appreftons-nous, mon Fils, à punir leur fureur.

Nous combattrons au nom du Maiftre de la terre,

Du Dieu qui, devant luy, fait marcher le Tonnerre,

Pour qui tous les mortels qu'embraffe l'Univers,

Sont comme la poussiere éparfe dans les airs.

Je ne vous diray point, & mon cœur ne peut croire,

Ce que l'on a femé pour ternir voftre gloire.

Amafa veut ravir le Sceptre de fon Roy;

Mais, que mon propre Fils foit armé contre moy!

A B S A L O N.

Que ne puis-je, Seigneur, aux dépens de ma vie,

De mes perfecuteurs confondre ici l'envie.

D A V I D.

Que peuvent-ils, mon Fils, quand mon cœur vous
défend?

Je méprife un vain bruit que le peuple répand.

T H A R E'S.

Et moy, je croy Seigneur, ne devoir point vous
taire,

Que ces bruits font peut-eftre un avis falutaire.

Je fçay, je voy quel eft le cœur de mon Epoux;

Mais ſçait-on s'il n'eſt point de traiſtre parmi nous?

Sçait-on ſi dans ce Camp quelque ſecret coupable,

N'a point, pour ſe cacher, divulgué cette fable?

M'en croirez-vous, Seigneur, qu'un ſerment ſo-

    lennel,

Faſſe trembler ici quiconque eſt criminel.

Le Ciel, voſtre péril, ma gloire intereſſée,

De ce juſte projet m'inſpirent la penſée.

Atteſtez l'Eternel, qu'avant la fin du jour,

Si des traiſtres cachez, par un juſte retour,

N'obtiennent le pardon accordé pour leurs crimes,

Leurs femmes, leurs enfans en feront les victimes:

Que dans le meſme inſtant qu'ils feront décou-

    verts ;

Leurs parents dévoüez à cent tourmens divers,

Déchirez par le fer, au feu livrez en proye,

Payeront tous les maux que le Ciel vous envoye.

A B S A L O N à part.

Juſte Dieu ! que fait-elle !

C I S A Ï à David.

       Oüy, l'on n'en peut douter,

Seigneur; quelque perfide eſt tout preſt d'éclater,

On vous trahit, je ſçay, par des avis fidelles,
Que vos deſſeins ſecrets ſont connus des Rebelles.

DAVID.

Suivons ce qu'à Tharés le Ciel daigne inſpirer.
Par ſes ſages conſeils, je me ſens éclairer.
Peut-eſtre, par un vœu terrible, irrevocable,
Pourray-je à ſon devoir rappeller le coupable.
Oüy, Madame, fondé ſur la loy, l'équité,
Je me lie au ſerment que vous avez dicté;
Puiſſe, ſur moy, le Dieu que l'Univers révére,
Verſer tous les malheurs que répand ſa colére,
Si, pour les criminels, démentant vos diſcours,
Mon injuſte pitié leur offre aucun ſecours.

THARE'S.

Achevez donc, Seigneur; Joab vous eſt fidelle,
Ennemi d'Abſalon, & pour vous, plein de zele,
Luy ſeul me paroiſt propre à remplir mes deſſeins.
Souffrez que je me mette en oſtage en ſes mains.

ABSALON *à part.*

Ciel !

DAVID *à Tharés.*

Vous !

THARE'S.

Il faut, Seigneur, que mon exemple étonne;
Et montre qu'il n'eſt point de pardon pour perſonne.

DAVID.

Voſtre vertu ſuffit pour répondre de vous.
Accompagnez la Reine, & ſuivez voſtre Epoux.

THARE'S.

Non, Seigneur, fouſcrivez à ce que je defire;
Ma gloire le demande, & le Ciel me l'infpire.
Accordez cette grace à mes defirs preſſants.

DAVID.

Puiſque vous le voulez, Madame, j'y conſens.
Toy! qui du haut des Cieux, à nos conſeils préſides;
Qui confonds d'un regard les complots des perfides,
Dieu juſte! vange-moy, puni mes ennemis.
Souviens-toy du bonheur à ma race promis.
Si quelque traiſtre ici ſe cache pour me nuire,
Leve-toy; que ton bras s'arme pour le détruire;
Que ſe livrant luy-meſme à ſon funeſte ſort,
Ce jour puiſſe éclairer ma vengeance & ſa mort.
Venez mon Fils; le Ciel, que noſtre malheur touche,
Accomplira les vœux qu'il a mis dans ma bouche.

Joab

Joab vient de partir, & dans quelques moments,

Nous fçaurons des mutins les divers mouvements.

Allons nous oppofer à leur barbare envie.

LA REINE.

Veüille le Ciel, fur tout, conferver voftre vie,

Ou dans ce mefme inftant prononcer mon trépas.

THARE'S.

Seigneur, ma Fille & moy, nous marchons fur vos pas,

Et, Joab arrivé, nous allons l'une & l'autre,

Remplir, auprés de luy, mon deffein & le voftre.

SCENE V.

ABSALON *feul.*

QUel coup de foudre, ô Ciel, mes fens font interdits.

Qu'ay-je ouï! quel defordre agite mes efprits!

Troublé, je voy déja fur ma tefte amaffées

Les malédictions par mon Roy prononcées.

Quelle horreur me faifit! quel ferment a-t-il fait!

O! de mon fol orgueil funefte & jufte effet!

F

De combien de remords, je ſens mon ame atteinte.

Cherchons Achitophel; qu'il diſſipe ma crainte.

Ah! que j'éprouve bien en ce fatal moment,

Que le crime, avec ſoy, porte ſon châtiment.

Fin du Second Acte.

ACTE III.

SCENE I.

ACHITOPHEL. ZAMRI.

ACHITOPHEL.

JE fçay tout; Abfalon dans ce lieu va fe rendre :
Mais du Camp ennemi n'as-tu rien à m'apprendre.

ZAMRI.

Seigneur, tantoft à peine ai-je quité le Roy,
Que j'ay couru remplir voftre ordre & mon employ.
Les troupes d'Amafa, fans obftacle avancées,
Sont autour de ce Camp, par ordre difperfées.
Le deffein d'Abfalon, fon nom feul répandu,
Produit l'heureux effet qu'on avoit attendu ;
Pour regner & pour vaincre il n'a plus qu'à paroiftre.
L'armée, à haute voix, l'a proclamé pour Maiftre.
Tous nos foldats charmez, d'apprendre qu'aujour-
d'huy,
Leurs bras, déja vainqueurs, vont combattre pour
luy,   F ij

Brûlent de fignaler leur zele & leur courage.

ACHITOPHEL.

C'eft affez; il ne peut reculer d'avantage;
Ses projets divulguez le forcent d'éclater.
Que n'ay-je fçû, plûtoft, le refoudre à quitter.
Son ame avec Tharés ne fe fuft point trahie.
Tharés, pour l'arrefter, n'euft point rifqué fa vie.
J'ay prévû ce malheur, je n'ay pû le parer,
Que fert-il de s'en plaindre; il faut le réparer.
Séba doit d'Abfalon renouveller l'audace,
Et dérober Tharés au coup qui la menace:
Mais, la nuit furvenant, tout dût-il expirer,
La conjuration ne fe peut differer.
Point de lâche pitié; point de délay funefte;
La mort, ou le fuccés; voilà ce qui nous refte.
Mais ne me dis tu rien de la part d'Amafa?

ZAMRI.

Il vouloit me parler au fujet de Séba:
Je croy mefme pour vous que traçant une lettre,
Dans mes fidelles mains il alloit la remettre,
Lors qu'un bruit, tout à coup, dans l'armée a couru,
Que hors de noftre Camp Joab avoit parû:

Amafa ma quitté, mais je croy qu'il envoye.....

ACHITOPHEL.

Ah ! qu'il fe garde bien de prendre une autre voye.

On te connoiſt, pour toy les chemins font ouverts,

Retourne; nous ferions peut-eſtre découverts.

Dis-luy que c'eſt aſſez que fon bras nous feconde;

Que dés que le Soleil fera caché dans l'Onde,

Le fang doit en fes lieux commencer à couler;

Que Séba doit pour nous, alors fe fignaler;

Qu'à nos cris éclatans, tous fes foldats répondent,

Et bientoſt, furieux, parmi nous fe confondent.

Que de tout, par toy feul, je veux eſtre éclairci.

Va, dis-je; Abfalon vient; laiſſe-nous feuls ici.

SCENE II.

ABSALON. ACHITOPHEL.

ACHITOPHEL.

JE vous attends, Seigneur; Séba vous a pû dire,
Quel remede, à vos maux, noſtre ardeur nous
    infpire;

D'un embarras fatal, par nos foins dégagé....

ABSALON.

Non, Achitophel, non ; mes deſſeins ont changé ;

Le devoir ſur mon cœur a repris ſon empire.

Faites dire à vos Chefs que chacun ſe retire,

J'obtiendray leur pardon ; mais ſur tout qu'aux ſol-
      dats,

On cache quel motif avoit armé leurs bras ;

D'un ſi grand changement, qu'ils ignorent la cauſe.

ACHITOPHEL.

Je le voy bien ; l'amour de voſtre cœur diſpoſe ;

Séba n'a pû vous voir ; mais n'apprehendez rien ;

J'ay, pour ſauver Tharés, un prompt & ſeûr moyen.

ABSALON.

Non, vous dis-je ; mon cœur ici ne conſidere

Que ce qu'il doit au Ciel, à l'Etat, à mon Pere ;

De mille affreux malheurs je veux rompre le cours.

ACHITOPHEL.

O Ciel ! pouvez-vous bien me tenir ce diſcours ?

A de lâches frayeurs voſtre cœur s'abandonne ?

ABSALON.

Obéïſſez ; ſongez qu'Abſalon vous l'ordonne,

Ou voyez les périls qu'ici vous hazardez.

ACHITOPHEL.

Et bien, il faut vouloir ce que vous commandez.
Noſtre ſang eſt à vous; vous voulez le répandre;
Car enfin c'eſt à quoy nous devons nous attendre.
David ſçait trop bien l'art de regir ſes Etats,
Pour oſer pardonner de pareils attentats;
L'éxil, les fers, la mort, vont eſtre le partage,
De ceux, qu'à vous ſervir, un meſme zele engage;
Pour prix de tant de ſoins, percez de mille coups,
Leur ſang au Dieu vengeur va crier contre vous:
Je ſçay comme l'on peut, arbitre de ſa vie,
D'une honteuſe mort prévenir l'infamie;
Je ne vous parle point de mon ſort malheureux.
Daigne le Ciel, touché du dernier de mes vœux,
Empêcher que Joab, par un lâche artifice,
De vos ſoumiſſions bientoſt ne vous puniſſe;
Que, privé de l'appuy que vous trouvez en nous,
Il n'échauffe du Roy les ſentimens jaloux;
Que vous-meſme, captif, proſcrit par ſa colere,
Vous ne voyez vos droits paſſer à voſtre frere,
Et vos jours conſacrez par un arreſt cruel,
A ſervir de leçon aux peuples d'Iſraël.

ABSALON.

Mais, pour ſauver Tharés, quel moyen peux-tu
 prendre.

D'un trépas odieux la pourras-tu deffendre?

Que peux-tu....

ACHITOPHEL.

Je puis tout, ſecondez-moy, Seigneur,

Pourquoy détruiſez-vous voſtre propre bonheur!

Séba, tout Ephraïm, gagnez par mon adreſſe,

Vont, au premier ſignal, enlever la Princeſſe,

La remettre en vos mains, & ſe joindre avec nous,

Venez; faites revivre un trop juſte couroux.

Montrez-vous, ſoutenu d'une nombreuſe Armée.

Là, n'appréhendant plus pour une épouſe aimée,

Vous perdrez qui vous hait, vous ſoutiendrez vos
 droits,

Et, loin de ſupplier, vous donnerez des loix.

Vous flattez-vous ô Ciel! qu'on puiſſe à voſtre Pere,

Faire de vos complots un éternel myſtere?

Qu'aucun des conjurez, mourant pour Abſalon,

Dans l'horreur des tourmens n'avoüera voſtre nom?

D'ailleurs, comment chaſſer nos troupes raſſemblées,
 Sous

Sous un autre prétexte en ces lieux appellées?
Ah Seigneur! fongez mieux quels font vos interefts.
Ma vie eft le garent de celle de Tharés.
Elle vient.

A B S A L O N.

Que mon ame eft troublée & flottante;
Nous refoudrons de tout, va te rendre en ma
tente.

S C E N E   I I I.

A B S A L O N.   T H A R E' S.

T H A R E' S.

JE viens ici, Seigneur, le cœur faifi d'effroy;
Tout le Camp ennemi vous proclame pour Roy.
David vient, à mes yeux, d'apprendre cette audace.
A fes juftes foupçons fa tendreffe a fait place.
Par fon ordre fecret on va vous arrefter;
L'implacable Joab le doit éxecuter.
Un Garde, en ma faveur, a rompu le filence.
De ce premier tranfport fuyez la violence;
E'pargnez-moy l'horreur de n'eftre dans ces lieux,

G

Que pour vous voir, peut-eſtre, immoler à més
    yeux.

ABSALON.

Mon Pere ſçait mon crime! O fatale journée!
Qu'avez-vous fait hélas! Princeſſe infortunée!
Victime d'un couroux que j'ay ſeul merité,
Le Roy va vous punir de ma témerité;
Un horrible ferment vous proſcrit & le lie.

THARE'S.

Fuyez; ne ſongez plus à prolonger ma vie:
Puiſque ſur voſtre cœur mes ſoupirs n'ont rien pu,
Qu'ay-je affaire du jour, j'ay déja trop vécu.
Mais, que dis-je! chaſſez cette fatale idée;
Partez, Seigneur; calmez mon ame intimidée:
Le Ciel à l'innocence envoira du ſecours,
Et voſtre repentir pourra ſauver vos jours.

ABSALON.

Non, non, qu'un meſme fort aujourd'huy nous raſ-
    ſemble;
Ne nous ſeparons point; venez, fuyons enſemble.

THARE'S.

Et le puis-je, Seigneur? priſonniere en ces lieux;

Ce Camp, pour m'obferver, ces murs mefme ont
    des yeux,

Je vous perdrois. Allez, & fi mon fort vous touche,

Suivez ce que le Ciel vous dicte par ma bouche.

Livrez Achitophel. Défarmez vos foldats;

Contre-eux, s'il le falloit, employez voftre bras.

A force de vertus meritez voftre grace,

Par là, dans tous les cœurs réparez voftre audace.

A quelque excés, Seigneur, que l'on foit arrivé,

Qui fe repent d'un crime en eft prefque lavé :

D'ailleurs....

ABSALON.

    Non, ma fureur me montre une autre voye.

De nos fiers ennemis nous ferions tous la proye;

Le perfide Joab, implacable pour moy,

Avide de ma mort l'obtiendroit de mon Roy;

Il faut, qu'en expirant, fa rage foit trompée.

Mon indigne frayeur eft enfin diffipée;

En vain, en vous perdant, il croira me braver,

J'ay des amis ici prefts à vous enlever;

Si, lents à vous fervir, & remplir ma vengeance,

Leur zéle répond mal à mon impatience,

Je viens, ſans m'effrayer des plus noirs attentats,
Demander mon Epouſe avec cent mille bras.

THARE'S.

Ah! la vie à ce prix n'a point pour moy de charmes;
Mais chaque inſtant pour vous redouble mes al-
    larmes,
Qu'entens-je! on vient, fuyez.

ABSALON.

        Je cours vous ſecourir.

THARE'S.

Ah! quittez ce deſſein, & me laiſſez mourir.

SCENE IV.

THARE'S. UN ISRAELITE.

L'ISRAELITE.

MOn abord indiſcret a droit de vous ſurpendre,
    Madame; mais le Prince ici devoit ſe rendre;
Je le cherche.

THARE'S.

        Et ſur quoy venez-vous le chercher?
Son péril vous engage à ne me rien cacher;

Sans doute c'eſt à luy que portant cette Lettre...

L'ISRAELITE.

Oüy, Madame, Séba vient de me la remettre.

THARES.

Donnez.

L'ISRAELITE.

J'aurois voulu...

THARES.

Donnez, ne craignez rien;

Meſme intereſt unit, & ſon ſort, & le mien.

Elle lit bas, & continuë à part.

Voilà donc ces amis dont la pitié coupable,

Preſte à mon ſort cruel un appuy favorable.

Juſte Ciel!

à l'Iſraëlite.

C'eſt aſſez; je voy par ce diſcours,

Que le Ciel à mes maux preſente du ſecours,

J'en ſçauray profiter; réjoignez voſtre maiſtre,

Allez, éloignez-vous, je voy le Roy paroiſtre.

SCENE V.

DAVID. LA REINE. THARE'S.

DAVID *à la Reine.*

VOus aimez trop un Fils digne de mon couroux.

LA REINE.

Non, Seigneur, il n'a point conſpiré contre-vous;
Le menſonge inſolent, la lâche calomnie,
D'un ſouffle empoiſonné veulent ternir ſa vie.

DAVID.

Je veux douter encor qu'il m'ait manqué de foy;
Achitophel ici va l'entendre avec moy;
Ce ſage confident, dans mon état funeſte,
De tant d'amis zélez eſt le ſeul qui me reſte;
Luy ſeul....

SCENE VI.

DAVID. LA REINE. THARÉS.
JOAB.

IL faut, Seigneur, vous armer de vertu.
Tout autre fous fes maux gémiroit abbatu ;
Mais, de fes déplaifirs, un grand cœur eft le maiftre.
Nous connoiffons enfin le perfide, le traiftre,
Celuy qui, contre-vous, arme tant d'ennemis.

DAVID.

Et quel eft-il, Joab !

LA REINE.

Je tremble.

JOAB.

Voftre Fils.

DAVID.

Il eft donc vray.

THARÉS *à part.*

Grand Dieu! quelle honte m'accable.

LA REINE.

Non, Joab, voftre cœur s'allarme d'une fable,

D'un bruit par l'impoſture & la haine enfanté.

JOAB.

Ce que j'oſe avancer a plus d'autorité,

Madame, Abſalon vient de joindre les rebelles;

Ceux qui l'ont vû partir ſont des ſujets fidelles,

Vaillants, & qui cent fois ont bravé le trépas,

Tels que les impoſteurs en un mot ne ſont pas:

Mais vous pourrez, Seigneur, en ſçavoir davantage;

Un ſoldat ennemi ſurpris dans un paſſage,

Et dont Ciſaï cherche à tirer le ſecret,

Du Camp des revoltez apportoit ce billet.

DAVID.

Voyons.   *Il lit.*

  Ne craignez point un changement funeſte;

Que tous vos conjurez ſe repoſent ſur moy.

Vos rivaux périront, Abſalon ſera Roy.

Donnez-nous le ſignal, je vous réponds du reſte.

Enfin donc, mes ſoupçons ſe trouvent éclaircis.

C'eſt toy qui veux ma mort, Abſalon! toy, mon Fils!

C'eſt ſur mon ſang que doit éclater ma vengeance!

Mais, quel traiſtre avec luy feroit d'intelligence!

Quel perfide....

JOAB.

JOAB.

Seigneur, voulez-vous m'écouter?
Entendons ce soldat que l'on vient d'arrester:
Cependant, de Séba vous connoissez le zéle;
Confiez vostre sort à ce sujet fidelle.
Tantost, luy faisant part de mon secret effroy,
Il a brigué l'honneur de veiller sur son Roy;
Qu'Ephraïm, avec luy, compose vostre garde.
Juste Ciel! à quels maux vóstre choix vous hazarde!
Ceux qui suivent vos pas sont connus presque tous,
Pour avoir autrefois combattu contre-vous,
Quand, pour vous écarter de la grandeur supréme,
Saül osoit vouloir l'emporter sur Dieu mesme.

LA REINE.

Oüy, Seigneur, ses amis, le reste de son sang,
Ne peut qu'avec regret vous voir dans ce haut rang;
Ce sang audacieux, nous trompant l'un & l'autre,
Par l'hymen d'Absalon, a corrompu le vostre,
Par-là, n'en doutez point, nous sommes tous trahis;
C'est ce sang, c'est Saül qui m'enleve mon Fils.

à Tharés.

Vous vous taisez perfide, & loin de vous deffendre,

H

Vous oſez feindre encor de ne me pas entendre;
Vous, qui de voſtre Epoux conduiſez le deſſein;
Vous, qui ſeule avez mis la revolte en ſon ſein.
D'une fauſſe grandeur à nos yeux reveſtuë,
Vous avez ſçû tantoſt nous éblouïr la vûë;
Vous ne prévoyez pas qu'une affreuſe clarté,
Dût, de vos noirs complots, percer l'obſcurité,
Ou peut-eſtre qu'encore un eſpoir téméraire,
Vous flatte, qu'au trépas on viendra vous ſouſtraire;
Mais je prétens, moy-meſme, en haſter les momens:
Oüy, Seigneur, rempliſſez ma haine & vos ſermens.
Qu'aux yeux de tout le Camp on la livre au ſup-
     plice.

T H A R E'S.

Madame, je ſçay trop qu'il faut que je périſſe;
Mais, ſi pour moy la vie avoit quelques attraits,
Si le ſoin de ma gloire & de vos intereſts,
Que dis-je! ſi vos jours, mon devoir, la patrie,
Ne m'étoient pas d'un prix préferable à ma vie,
Je vivrois malgré vous, & mille bras offerts
Viendroient meſme à vos yeux, m'arracher de vos
     fers.

DAVID.

Quoy, Madame....

THARE'S.

Seigneur, ce péril vous regarde;
Le soin que prend Joab de changer voſtre garde,
Va de vos ennemis aſſeurer les forfaits.
Liſez, & de Séba reconnoiſſez les traits.

DAVID prend la Lettre & lit.

Le temps me force à vous écrire.
A vous entretenir, je n'oſe m'expoſer.
Pour vous aſſeurer cette Empire,
Les ſoldats d'Ephraïm ſont preſts à tout oſer.
Le ſort menace en vain voſtre auguſte famille,
Rien ne traverſera vos vœux & nos deſſeins;
Et dans une une heure, au plus, je remets en vos mains,
Et voſtre Epouſe, & voſtre Fille.

JOAB.

Le perfide! Ah! je cours moy-meſme l'arreſter.

DAVID.

Non, ce projet ſans bruit ſe doit éxecuter.

A un Garde.

Dites à Ciſaï qu'il vienne en diligence.

H ij

THARÉS.

Vous ſçavez tout, Seigneur ; prenez voſtre ven-
　　geance ;
Epuiſez ſur moy ſeule un trop juſte couroux :
Cependant, joſe ici parler pour mon Epoux ;
Il eſt moins criminel qu'il ne vous paroiſt l'eſtre,
Et ſi, contre vos jours, la rage anime un traiſtre,
Autant que je puis lire en d'odieux ſecrets,
C'eſt plus Achitophel, qu'Abſalon, ni Tharés.

　　　　　Elle ſort.

DAVID.

Quel nouveau trouble, ô Ciel ! elle jette en mon ame !
C'eſt plus Achitophel…　　*A la Reine.*

　　　　　　　Ah ! ſuivez-la, Madame ;
Parlez, priez, preſſez, & par moins de rigueur,
Taſchez à pénétrer le ſecret de ſon cœur.

LA REINE.

Moy, Seigneur !

DAVID.

　　　　Il le faut ; faites-vous violence.
Je vais vous joindre, allez ; quelqu'un ici s'avance.

SCENE VII.

DAVID. JOAB. CISAÏ.

CISAÏ.

SEigneur, les Conjurez font enfin découverts.
Le foldat qu'on a pris eftoit à peine aux fers,
Que fa fierté cédant à la peur des fupplices,
Il a, d'un noir projet révelé les complices;
La nuit favorifant leurs complots furieux,
Ils devoient recevoir l'ennemi dans ces lieux;
Le traiftre Achitophel conduifoit l'artifice.

DAVID.

Ah, qu'entens-je! courez Joab, qu'on le faififfe.

CISAÏ.

Sa fuite, au châtiment, a dérobé fes jours,
Il a joint Abfalon par de fecrets détours;
Séba mefme, s'armant d'infolence & de rage,
Vient, le fer à la main, de s'ouvrir un paffage.
Les foldats d'Ephraïm luy preftant leur appuy,
Affeurent fa retraite, & marchent aprés luy.
Ils defertent en foule, & le Camp des Rebelles,

De moment en moment prend des forces nouvelles;
Déja mefme Amafa femble marcher vers nous.
Rien ne peut fous ces murs nous fauver de leurs
    coups.

J O A B.

Rien ne peut nous fauver! ô Ciel! qu'ofez-vous dire!
Tant que David commande, & que Joab refpire,
Un honteux defefpoir ne vous eft point permis,
Et doit n'eftre connû que de nos ennemis.
Et pourquoy faire voir une indigne épouvante?
Déja les Gétéens, prévenants noftre attente,
Au fecours de David fe haftent de marcher.
Des murs de Manhaïm on les voit s'approcher.
Seigneur, il faut dompter en cette conjonĉture,
Ces vulgaires inftinĉts de pitié, de nature;
Par d'affreux châtimens eftonnons des ingrats,
Marchons; mais que Tharés accompagne mes pas;
Que tous ceux que le fang unit à des perfides,
Soient remis en mes mains fous de fidelles guides;
Allons, & préfentons à nos féditieux
L'Epoufe d'Abfalon immolée à leurs yeux;
Faifons faire du refte un horrible carnage;

Quoy qu'aprés, des mutins, puiſſe tenter la rage,
Ils en auront déja reçû le digne fruit,
Et vous ferez vengé du ſort qui vous pourſuit.

DAVID.

Non Joab; ſuſpendons un arreſt ſanguinaire;
La vertu de Tharés vaut bien qu'on le differe.
Un Roy, quoy qu'un ſujet ait fait pour l'outrager,
Doit ſçavoir le punir, mais non pas ſe vanger :
Périſſons, ſans foüiller mon rang ni ma mémoire,
Et s'il faut ſuccomber, ſuccombons avec gloire.
Cependant, dans ce Camp, entourez d'ennemis,
L'eſpoir de le garder ne nous eſt plus permis ;
Les murs de Manhaïm peuvent ſeuls nous deffendre ;
Entrons-y ; l'ennemi ne peut nous y ſurprendre,
Et bientoſt, ſecourus par des guerriers fameux,
Peut-eſtre ils conduiront la victoire avec eux.
Pour vous Joab, rendez noſtre retraite aiſée.
Que l'armée ennemie avec ſoin abuſée,
Dans tous vos mouvemens ne puiſſe remarquer,
Que l'unique deſſein de l'aller attaquer.
Vous Ciſaï; ſuivez ce que le Ciel m'inſpire,
Et rendons, s'il ſe peut, le calme à cet Empire.

Allez joindre Abſalon.

CISAÏ.

Moy, Seigneur!

DAVID.

Je le veux.

Le perfide n'eſt pas au comble de ſes vœux;

Il craint pour ſon Epouſe une mort légitime,

Et j'oſe me flatter, qu'eſtonné de ſon crime,

Si je puis le forcer de paroiſtre à mes yeux,

Mes ſoins & ſes remords feront victorieux.

Allez donc; que par vous Abſalon puiſſe apprendre,

Que j'ay choiſi ce lieu pour le voir, pour l'entendre;

Que juſqu'ici, ſuivi par deux mille ſoldats,

Il peut d'un nombre égal faire ſuivre ſes pas;

Que pendant l'entretien, nos troupes en préſence,

Camperont loin de nous, à pareille diſtance:

Mais qu'il ne prenne point de délais ſuperflus;

Que la mort de Tharés puniroit ſes refus;

Je ſçay combien l'amour l'intéreſſe pour elle;

Faites-luy de ſon ſort une image cruelle;

Peignez-luy ſon Epouſe aux portes du trépas,

Et ſa Fille à la mort conduite ſur ſes pas;

Répandez

Répandez dans son cœur le trouble & l'épouvante,
Et contraignez l'ingrat à remplir mon attente;
Le Ciel à vos discours donnera du pouvoir;
Ne craignez rien.

C I S A ï.

Seigneur, je feray mon devoir.

D A V I D.

Il suffit. Dieu puissant, nostre foible prudence,
En vain, sur nos projets, fonde son esperance;
Toy seul, du monde entier, reglant les mouvemens,
Enchaînes à ton gré tous les évenemens;
Grand Dieu ! c'est à toy seul, que mon cœur s'a-
    bandonne.
Roy des Rois, c'est de toy que je tiens la Couronne;
Sers de guide à mes pas chancelans, incertains;
Je remets mon espoir & ma vie en tes mains.

Fin du Troisiéme Acte.

I

ACTE IV.

SCENE I.

ABSALON. ACHITOPHEL. CISAÏ.

CISAÏ *à Abfalon.*

OUY, Seigneur, c'eft ici que David doit fe
    rendre.

Quel fuccés, de vos foins, ne doit-on pas attendre;

Ils rappellent Tharés de l'horreur du tombeau,

Et vont de la Difcorde éteindre le flambeau.

ABSALON.

De quels troubles, grand Dieu! fens-je mon ame at-
    teinte!

J'y fens naiftre à la fois, & l'efpoir & la crainte.

Où fuis-je! de mon Roy, foutiendrais-je l'afpect?

De ce Roy, dont le front imprime le refpect;

Que ma revolte accable, en qui la vertu brille:

O funefte ferment! ô Tharés! ô ma fille!

Quelle preuve d'amour je vous donne aujourd'huy!

ACHITOPHEL.

Eh pourquoy vous livrer à ce mortel ennuy,
Seigneur! pourquoy ternir l'éclat de voftre gloire,
Et laiffer de vos mains arracher la Victoire?
Du fuperbe Joab humilions l'orgueil.
Que de vos ennemis ces champs foient le cercueil.
La d'un bras que l'amour & la vengeance guide,
Dérobez voftre Epoufe aux fureurs d'un perfide:
Voilà le feul confeil qu'on devroit vous donner.

CISAï.

Le feul confeil, Seigneur! daignez me pardonner;
Mais il faut me montrer voftre ame toute entiere.
Formez-vous le deffein d'immoler voftre Pere?

ABSALON.

Moy? que d'un crime affreux j'ofe foüiller mon bras?
Non: je veux de Joab punir les attentats,
Arracher à la mort mon Epoufe & ma Fille,
Affeurer pour jamais le Sceptre à ma Famille,
Joüir aprés David de fon augufte rang.

CISAï.

Eh bien, Seigneur! pourquoy répandre tant de fang?
Pourquoy, de toutes parts, embrafer cet Empire?

I ij

Tout flatte vos deſirs, à vos vœux tout conſpire;
Quoy que vous & vos chefs vous puiſſiez demander,
David eſt preſt, Seigneur, à vous tout accorder.

ACHITOPHEL.

Pernicieux diſcours inventez pour nous nuire.
Eſtes-vous donc ici venu pour nous ſéduire?
Pour donner avec art, le temps aux fugitifs,
De ranimer leurs bras abbatus & craintifs?

à Abſalon.

Ne nous repaiſſons point d'eſperances frivoles,
Seigneur, il faut du ſang, & non pas des paroles.
Au ſecours de David l'on voit dans ces vallons,
Marcher des Gétéens les nombreux bataillons,
Ciſaï, vous flattant d'une fauſſe promeſſe....

CISAÏ.

Deffendez-luy, Seigneur, un diſcours qui me bleſſe.
Dans des lieux moins ſacrez, il me feroit raiſon,
De m'avoir accuſé de cette trahiſon
Mais pardonnez, Seigneur, ſi contre ſon audace,
J'oſe ici m'emporter juſques à la menace.
Oüy, David, il eſt vray, voit marcher ſur ſes pas,
Dix mille Gétéens unis à ſes ſoldats,

Sous fes auguftes loix, une armée intrépide,
Attend, pour le venger, que fon couroux la guide;
Mais l'amour paternel, & le bien de l'Etat,
L'obligent à fufpendre un horrible combat;
Ainfi des deux partis retenant la furie,
Il vient ici régler le fort de la patrie;
Vous eftes convenus & des lieux & du temps...

ABSALON.

Oüy, je verray David, Cifaï, je l'attens;
J'ay receu fa parole & j'ay donné la mienne,
Il fuffit.

ACHITOPHEL.

   Croyez-vous que ce nœu le retienne?
Je fçay mieux de fon cœur pénetrer les fecrets.
Que dis-je! en cet inftant peut-eftre que Tharés,
D'un injufte ferment, victime infortunée,
Voit par le fer cruel trancher fa deftinée.

CISAÏ.

Non, Seigneur, elle vit; je répons de fes jours:
Mais fi d'Achitophel vous croyez les difcours,
Elle eft morte; le Roy dans fa jufte colere,
Va livrer au trépas & la Fille & la Mere,

Pour les en affranchir vos efforts ſeroient vains.

ABSALON.

Non, non, elles vivront, leurs jours ſont en mes
     mains ;

Déja mon cœur ſe livre à la douce eſperance....

SCENE II.

ABSALON. THAMAR. ACHITOPHEL.
CISAï.

ABSALON.

MAis, que vois-je ! le Ciel m'éxauce par avance.
Eſt-ce vous, ô ma Fille ! en croirais-je mes yeux !
Voſtre Mere avec vous eſt-elle dans ces lieux ?

THAMAR.

Non, Seigneur, mais la Reine a pris ſoin de ma vie,
Et juſques dans ce Camp ſes femmes m'ont ſuivie ;
Elle croit que mon Pere attendri par mes pleurs,
Daignera terminer nos maux & ſes douleurs.
Ma Mere condamnant une pitié cruelle,
Refuſoit de ſouffrir qu'on me ſeparât d'elle ;
Mes ſanglots & mes cris appuyoient ſes diſcours ;

Mais elle a confenti d'accepter mon fecours,
Et je viens à vos pieds vous demander fa vie.

ABSALON.

Non, n'appréhendez point qu'elle luy foit ravie;
Mais, qu'eft-ce que David ordonne de fon fort?

THAMAR.

Le Roy voudroit en vain l'arracher à la mort;
Tout le peuple à grands cris demande fon fupplice.
Et confentirez-vous, Seigneur, qu'elle périffe?
Vous pouvez la fauver, le Roy vient en ces lieux;
Défavoüez, Seigneur, des complots odieux;
Que deviendrais-je, helas! fi toûjours infléxible,
Mes larmes, mes foupirs vous trouvent infenfible!
Si ma Mere périt, quel fera mon appuy!
Dévorée, à vos yeux, d'un éternel ennuy,
Sans ceffe vous verrez fur mon trifte vifage,
De fon trépas fatal la déplorable image,
Et mes pleurs, malgré-moy, vous rediront toû-
      jours,
Qu'il n'a tenu qu'à vous de conferver fes jours.

ABSALON.

Je vais bientoft tarir la fource de vos larmes,

Ma Fille; banniſſez d'inutiles allarmes;

Voſtre Pere, à vos pleurs, ne peut rien refuſer...

On vient; dans cette tente allez vous repoſer;

La paix va dés ce jour remplir voſtre eſperance,

Allez; mais dans ces lieux quelle troupe s'avance!

Quel trouble, quelle horreur, me ſaiſit malgré moy!

Où ſuis-je, juſte Ciel! c'eſt David que je voy.

SCENE III.

DAVID. ABSALON. ACHITOPHEL.
CISAï.

DAVID.

OUY, c'eſt moy; c'eſt celuy que ta fureur menace.

Tu frémis! ſoutiens mieux ton orgueilleuſe audace.

Le trouble où je te vois fait honte à ton grand cœur;

Et la crainte ſied mal ſur le front d'un Vainqueur.

ABSALON.

Seigneur...?

DAVID.

Quitte un reſpect qui n'eſt que dans ta bouche,

　　　　　　　　　　　　　　Et

Et t'apprefte à répondre à tout ce qui me touche;
Mais quand ton bras impie eft levé contre-moy,
M'eft-il permis d'attendre un fervice de toy?

ABSALON.

Voftre puiffance ici, Seigneur, eft abfoluë.

DAVID. *montrant Achitophel.*

Chaffe donc ce perfide odieux à ma veuë;
Ce monftre dont l'afpect empoifonne ces lieux.

ACHITOPHEL.

Je puis...

ABSALON.

Obéïffez; oftez-vous de fes yeux.

Achitophel fort, & David fait figne à Cifaï
de fe retirer.

SCENE IV.

DAVID. ABSALON.

DAVID.

ENfin nous voilà feuls: je puis joüir fans peine,
Du funefte plaifir de confondre ta haine;
T'infpirer de toy-mefme une équitable horreur,

K

Et voir au moins ta honte égaler ta fureur;

Car enfin, je connois tes complots homicides;

Te voilà dans le rang de ces fameux perfides,

Dont les crimes font feuls la honteufe fplendeur,

Et qui, fur leurs forfaits, bâtiffent leur grandeur:

Mais je veux bien fufpendre une jufte colere.

Quelle lafche fureur t'arme contre ton Pere?

Ofe, fi tu le peux, me reprocher ici,

Que j'ay forcé ta haine à me pourfuivre ainfi:

Ou fi dans ton efprit, tant de bontez paffées,

A force d'attentats ne font point effacées,

Daignes plûtoft perfide en rappeller le cours.

Tu m'as toûjours haï; je t'ay chéri toûjours:

Je cherchois à tirer un favorable augure,

De ces dons féducteurs dont t'orna la Nature:

En vain ton naturel altier, audacieux,

Combattoit dans mon cœur le plaifir de mes yeux,

Mon amour l'emportoit, je fentois ma foibleffe.

Que n'a point fait pour toy cette indigne tendreffe?

Je t'ay veû fans refpect, ni des loix, ni du fang,

D'Amnon mon fucceffeur, ofer percer le flanc,

Moins pour vanger l'honneur d'une fœur éperduë,

Que pour perdre un rival qui te bleſſoit la veuë.

Iſraël, de ce coup, fut long-temps conſterné.

Je devois t'en punir, je te l'ay pardonné :

J'ay fait plus ; ſatisfait qu'un éxil neceſſaire,

Eût expié trois ans le meurtre de ton Frere,

Mes ordres à ma Cour ont fait haſter tes pas,

Ton Pere déſarmé ta receû dans ſes bras ;

Que dis-je ? chargé d'ans, & couvert de la gloire,

D'avoir à mes projets aſſervi la Victoire,

Tranquille, & joüiſſant du fort le plus heureux,

J'allois, pour ſucceſſeur, te nommer aux Hebreux,

Et dans le meſme temps ſecondé d'un Rebelle,

Tu répans en tous lieux ta fureur criminelle.

Ce que n'ont pû jamais les fiers Amorréens,

Le ſuperbe Amalec, les vaillants Hévéens ;

Tu le fais en un jour : ta fureur me ſurmonte :

Je fuis, je traîne ici ma douleur & ma honte,

Et ſans voir que ſur toy rejaillit mon affront,

D'une indigne rougeur tu me couvres le front.

Ne crois pas cependant, qu'oubliant ton offenſe,

Je ne puiſſe & ne veüille en prendre la vengeance :

Mais parle ! qui te porte à cette extrémité ?

K ij

Que t'ay-je fait ingrat ! pour eſtre ainſi traité ?

ABSALON.

Seigneur, ſi du devoir j'ay franchi les limites,
Si je ſuis criminel, autant que vous le dites,
Imputez mes forfaits à mes ſeuls ennemis ;
Accuſez en Joab ; luy ſeul à tout commis.
C'eſt luy dont la fureur, dont la haine couverte,
Trame depuis long-temps le deſſein de ma perte ;
Je ſçay tout ce qu'il peut ſur vous, dans voſtre
    Cour,
J'ay craint que les effets...

DAVID.

    Foible & honteux détour !
Ceſſe de m'accuſer de la lafche injuſtice,
De ſuivre d'un ſujet la haine ou le caprice.
Donne d'autres couleurs à ta rebellion,
Excuſe-toy plûtoſt ſur ton ambition.
Dis que ton cœur jaloux à tremblé que ton Pere,
Ne mit le Sceptre aux mains d'Adonïas ton Frere ;
A quoy ton lafche orgueil n'a-t-il pas eu recours ?
Tu veux me détrofner ; tu veux trancher mes jours.

ABSALON.

Trancher vos jours! Moy! Ciel!

DAVID.

Oüy tu le veux, perfide.

Ofe-tu me nier ton deffein parricide?

Ces gardes, ces foldats, qui, comblant tes fouhaits,

Devoient dés cette nuit couronner tes forfaits;

Qui dépofoient mon Sceptre en ta main fangui-

  naire,

Traiftre! le pouvoient-ils fans la mort de ton Pere!

Tien, pren, lis.

ABSALON, *aprés avoir leû.*

Je demeure interdit & fans voix.

DAVID.

Je fçay tes attentats, Fils ingrat! tu le vois.

Si le Ciel n'eût pris foin de veiller fur ma vie,

Ta rage de mon fang alloit eftre affouvie.

Mais parle; à ce deffein qui pouvoit t'animer?

Ton cœur, fans en frémir, a-t-il pû le former?

En peux tu rappeller l'idée épouvantable,

Sans qu'un remords vengeur te déchire & t'accable?

Moy-mefme, en te parlant, faifi d'un jufte effroy,

Mon trouble & ma douleur m'emportent loin de
    moy.

Grand Dieu! Voilà ce Fils, qu'aveugle en mes de-
    mandes,

Ont obtenu de toy mes vœux & mes offrandes;

Je le voy; tu punis mes deſirs indiſcrets,

Eh bien! Dieu d'Iſraël! accompli tes decrets;

Conſens-tu qu'à ſon gré ſa rage ſe déploye?

Veux-tu que dans mon ſang ce perfide ſe noye?

J'y ſouſcris. Oüy barbare! accompli ton deſſein.

Aux dernieres horreurs oſe enhardir ta main.

Si ta Mere en ces murs éplorée, expirante,

Si le trépas certain d'une Epouſe innocente,

Ne peuvent t'inſpirer ni pitié, ni terreur,

Ou plûtoſt, ſi le Ciel ſe ſert de ta fureur,

Miniſtre criminel de ſes juſtes vengeances,

Rempli-les; par ma mort, couronne tes offenſes;

Vien, frappe.

A B S A L O N.

Juſte Ciel!

D A V I D.

      Tu tremble, que crains-tu?

Tu foules à tes pieds les loix & la vertu;

Tu forces dans ton cœur la Nature à fe taire;

Qui peut te retenir? frappe, dis-je.

ABSALON.

Ah! mon Pere.

DAVID.

Ton Pere! oublie un nom qui ne t'eft plus permis.

Je ne te connois plus; va, tu n'eft plus mon Fils.

ABSALON.

Un moment, fans couroux, Seigneur, daignez m'entendre.

Je ne puis ni ne veux chercher à me deffendre.

Il eft vray, mon orgueil à fait mes attentats,

J'ay craint de voir régner mon frere Adonïas,

Contre le fier Joab j'ay fuivi ma colere:

Mais, fi je puis encor eftre crû de mon Pere,

S'il peut m'eftre permis d'attefter l'Eternel,

Voilà ce qui peut feul me rendre criminel;

Joüet d'un féducteur, qu'à prefent je détefte,

Le traiftre Achitophel à commis tout le refte.

Je fçay qu'après les maux que je viens de caufer,

Une fatale erreur ne fçauroit m'excufer;

J'ay tout fait; vangez-vous, puniſſez un coupable,
Ou plûtoſt, ſauvez-moy du remords qui m'accable:
Quelques affreux que ſoient vos juſtes châtimens,
Ils n'égaleront point l'horreur de mes tourmens.

DAVID.

Ainſi le Ciel commence à te rendre juſtice;
Ton crime fit ta joye, il fera ton ſupplice;
Heureux, ſi ton remords ſincere, fructueux!
Produiſoit en ton ame un retour vertueux:
Mais ne cherche-tu point à tromper ma clemence,
Et ta bouche & ton cœur ſont-ils d'intelligence?

ABSALON.

Dans le funeſte état, Seigneur, où je me voy,
Mes ſerments peuvent-ils vous répondre de moy?
En moy, la verité doit vous ſembler douteuſe.
Quel affront, juſte Dieu! pour une ame orgueilleuſe!
De quel opprobre affreux viens-je de me couvrir!
Je l'ay trop merité pour ne le pas ſouffrir.
Oüy, Seigneur, n'en croyez ni ma fierté renduë,
Ni ma honte; à vos yeux, ſur mon front répanduë,
Ni les pleurs que je verſe à vos ſacrez genoux;
Puniſſez un ingrat; ſuivez voſtre couroux.

DAVID

DAVID.

Leve-toy.

ABSALON.

Qu'allez-vous ordonner de ma vie ?

DAVID.

Es-tu preft à mourir ?

ABSALON.

Contentez voftre envie.

DAVID.

Mon envie! Ah cruel! dis plûtoft mon devoir;
Je devrois te punir, je ne puis le vouloir;
Que dis-je! à quelque excés qu'ait monté ton au-
dace;
Mon fang s'émeut pour toy, ton repentir l'efface;
Mes pleurs, que vainement je voudrois retenir,
T'annoncent le pardon que tu vas obtenir:
C'en eft fait; ma tendreffe étouffe ma colere.
Sois mon Fils, Abfalon! & je feray ton Pere.
Je te pardonne tout; je voy qu'un féducteur,
D'un horrible complot a feul efté l'auteur;
Le perfide a féduit ta crédule jeuneffe.
Redonne-moy ton cœur; je te rends ma tendreffe.

L

Ton heureux repentir me fait tout oublier.

C'eſt à toy déſormais à me juſtifier;

Mais il faut me livrer un traiſtre qui te joüe,

Et me montrer qu'enfin ton cœur le déſavoüë:

Il faut que tous tes chefs en mes mains ſoient remis.

ABSALON.

C'eſt peu de vous livrer nos communs ennemis;

Je veux avec éclat reparer mon offenſe.

Comblé de vos bontez, & plein de ma vengeance,

Le traiſtre Achitophel va périr ſous mes coups.

DAVID.

Non, ſuſpens pour un tems ce dangereux couroux.

Du pouvoir ſouverain tu n'as que l'apparence,

Et le laſche en ſes mains tient la toute-puiſſance;

Tu t'en verrois toy-meſme, & ſans fruit, accablé:

Il faut… mais que nous veut Ciſaï tout troublé?

SCENE V.

DAVID. ABSALON. CISAï.

CISAï *à David.*

UN péril évident dans ce lieu vous menace,
Seigneur; d'Achitophel, l'artifice & l'audace,
Jette dans tous les cœurs le dangereux soupçon,
Que l'on veut de ce Camp enlever Absalon.

ABSALON.

Le traiftre!

CISAï.

Le foldat le croit & court aux armes;
Montrez-vous, & calmez ces nouvelles allarmes.

DAVID.

Vous voyez qu'un perfide eft le maiftre en ces lieux;
Mais il faut prévenir fes deffeins odieux;
Paroiffez, diffipez un bruit fi peu croyable.

CISAï *à David.*

Vous, Seigneur, profitez d'un moment favorable:
Les chefs & les foldats s'animent contre-vous.
Joab impatient s'eft avancé vers nous.

Une terreur ſecrete a ſaiſi voſtre Armée;

D'une trop longue abſence inquiete, allarmée,

Elle vient en fureur redemander ſon Roy;

De voſtre ferment meſme éxecutant la loy,

Joab aux revoltez preſente avec furie,

Tous ceux qu'à leurs forfaits l'amour ou le ſang lie;

Preſt, dans ce meſme inſtant à les faire périr,

Si voſtre heureux retour ne vient les ſecourir.

A B S A L O N.

Ah! Seigneur, pour Tharés, je vous demande grace.

D A V I D.

Ne craignez point, mon Fils, le coup qui la menace.

Je cours de mes ſoldats appaiſer la fureur;

Des voſtres cependant diſſipez la terreur.

Je l'avoüeray, ma joye eſt encor imparfaite;

Je vous quitte, ſaiſi d'une crainte ſecrete;

Pourquoy ne pouvons-nous, réünis déformais,

Du ſang des revoltez cimenter noſtre paix :

Mais avili, ſoumis, enchaiſné par des traiſtres,

Vos eſclaves, par vous, ſont devenus vos maiſtres;

Il faut à l'artifice avoir ici recours.

Feignons de reculer noſtre accord à deux jours.

Par mes Agents secrets je sçauray vous instruire;

Comment, pendant ce temps, il faudra vous con-
    duire.

Ne perdez point, mon Fils, vos nobles sentimens,

Et connoissez les miens par mes embrassemens.

J'ignore, en vous quittant, quel trouble affreux m'a-
    gite ;

Je le combats en vain, il s'accroit, il s'irrite :

Mais le temps presse, adieu; ne faites rien sans moy,

Et soyez seur, mon Fils, du cœur de vostre Roy.

Ne suivez point mes pas.

A B S A L O N.

Seigneur...

D A V I D.

Je vous l'ordonne.

A B S A L O N.

Retournons..mais d'horreur je sens que je frissonne;

L'impie Achitophel, s'ose offrir à mes yeux.

SCENE VI.

ABSALON.　ACHITOPHEL.

ACHITOPHEL.

EH bien, Seigneur! David regne-t-il en ces
　　lieux?
Luy facrifiez-vous, au gré de fon envie,
Voftre gloire, vos droits, noftre fang, voftre vie?
A fes difcours flateurs vous eftes vous rendu?

ABSALON.

Qu'ais-je oüy! quelle audace! ais-je bien entendu!
Perfide! ofe-tu donc me tenir ce langage?
Toy? dont j'ay découvert l'artifice & la rage;
Toy? qui couvrant mon nom d'un opprobre éternel,
De toutes tes fureurs m'as rendu criminel;
Qui de mon vain orgueil, funefte & lafche guide,
Me foüilles des horreurs d'un affreux parricide;
Qui, jufques à ton Roy, portoient tes attentats.

ACHITOPHEL.

Je l'ay fait; je l'ay dû; je ne m'en repens pas.
Appellez mon deffein facrilege, éxecrable;

Mais fongez, qu'aprés tout, vous en eftes coupable.

ABSALON.

Moy, perfide !

ACHITOPHEL.

Vous feul. Pour qui, troublant l'Etat,
Ais-je bravé les noms de perfide & d'ingrat?
Je n'avois, fatisfait de ma haute fortune,
Qu'à fuir, qu'à rejetter voftre plainte importune;
Je vous verrois encor fuppliant à mes yeux,
Donner à mes bontez des noms moins odieux.

ABSALON.

Rends graces, infolent, à ta feule baffeffe!
Si je retiens ici ma fureur vengereffe;
Sans le mépris pour toy que m'impofe mon rang,
Lafche! déja ce fer feroit teint de ton fang.

ACHITOPHEL.

Eh! pourquoy retenir cette noble colere?
Executez fur moy les volontez d'un Pere;
Ou plûtoft, pour fauver voftre gloire & vos jours,
Contre fes trahifons implorez mon fecours:
S'il a pû vous fléchir par de vaines careffes,
Allez voir quels effets ont fuivi fes promeffes.

Le ſuperbe Joab s'approche avec fureur.

Il a dans tout ce Camp fait voler la terreur.

Nos femmes, nos enfans, dans ſes mains redou-
tables,

Du ferment de David victimes déplorables,

Vont terminer leurs jours par des tourmens affreux.

Penſez-vous que Tharés ait un fort plus heureux ?

Allez ; & ſi leur ſang, ſi leur mort peut vous plaire,

Achetez à ce prix une paix ſanguinaire.

A B S A L O N.

Joab à cet excés ſe feroit emporté !

D'un vain eſpoir de paix le Roy m'auroit flatté...

Mais, non,

S C E N E   V I I.

A B S A L O N.   A C H I T O P H E L.   C I S A Ï.

. A B S A L O N.

A H Ciſaï ! que venez vous m'apprendre ?

C I S A Ï.

Le Roy dans ſon Armée vient enfin de ſe rendre.

Amaſa

Amafa, hors du Camp, fans voftre ordre, avancé,
Par la main de Joab, vient d'eftre repouffé;
Rien n'a pû retenir leur fureur allumée,
Mais cette émotion fera bien calmée.

ABSALON.

Non, je connois Joab, il faut le prévenir,
Et je cours....

CISAï.

Ah, Seigneur! daignez vous fouvenir...

ABSALON.

C'eft venger à la fois & ma gloire & mon Pere,
Que de punir l'orgueil d'un fujet témeraire;
Le traiftre! ne prenant que fa haine pour loy,
Ofe ici m'attaquer fans l'aveu de fon Roy!
Allons, & raffemblons les Chefs de mon Armée.
Vous Cifaï, fervez ma tendreffe allarmée;
Obligé de laiffer ma Fille en ce féjour,
Prés d'elle, avec ma garde, attendez mon retour.
Allez.

A Achitophel.

N'efpere pas que dans cette occurence,
De tes confeils trompeurs j'implore l'affiftance:

M

Pernicieux auteur de mon mortel ennuy,
Je te doi tous les maux que j'endure aujourd'huy;
Ne me ſui point, va, fui, tremble, que ma juſtice,
Malgré tout ton pouvoir, ne te livre au ſupplice,
Et ſi tu crains la mort dûë à tant de forfaits,
Sauve-toy, diſparois de ces lieux pour jamais.

SCENE VIII.

ACHITOPHEL, *ſeul.*

JE préviendray bientoſt le coup qui me menace.
Ciel! puis-je ſoutenir ma honte & ma diſgrace!
Digne fruit de mes ſoins! Mais pourquoy me trou-
 bler!
Ceſſez honteux remords: eſt-ce à moy de trembler!
Allons; que cette horrible & fameuſe journée;
Ne ſoit pas à moy ſeul affreuſe, infortunée;
Mourons; mais périſſons du moins avec éclat.
Abſalon, par mes ſoins, eſt ſuſpeĉt au ſoldat;
Tous les Chefs ſont pour moy, meſme intereſt les
 guide;
Marchons, & qu'un combat de noſtre ſort décide.

Si nous fommes vainqueurs, Abfalon, malgré-luy,
Se trouvera forcé de payer mon appuy;
Si, plus puiffant que nous, l'ennemi nous furmonte,
Il eft un feur moyen d'enfevelir ma honte,
Et tout homme à fon gré, peut défier le fort,
Quand il voit d'un mefme œil & la vie & la mort.

Fin du Quatriéme Acte.

ACTE V.

SCENE I.

THAMAR. CISAï.

THAMAR.

AH! ne me laiſſez point en proye à mes allar-
mes;
Cher Ciſaï, parlez! à qui dois-je mes larmes?
Quel tumulte! quel bruit! quels cris pleins de fu-
reur!
Tout me glace d'effroy, tout me ſaiſit d'horreur:
Le Roy victorieux a-t-il puni mon Pere?
Un rigoureux ſerment a-t-il proſcrit ma Mere?
Et moy-meſme reduite à marcher ſur leurs pas,
Vais-je apprendre de vous l'Arreſt de mon trépas?

CISAï.

Non, Madame, ceſſez d'eſtre en vain allarmée;
Le déſordre s'eſt mis dans l'une & l'autre Armée,
Mais la paix va bientoſt terminer vos douleurs.

THAMAR.

La Paix! Ah, vous voulez me cacher mes malheurs.

CISAÏ.

Daignez croire, Madame, un Serviteur fidelle.

Loin de vous, dans ce Camp, l'ordre du Roy m'ap-
     pelle,

Rasseurez vos esprits; vostre sort va changer;

Par ce que vous voyez, commencez d'en juger,

Je vous laisse.

SCENE II.

THARÉS. THAMAR.

THAMAR, *embrassant Tharés.*

LE Ciel permet que je vous voye,

Madame, pardonnez ce transport à ma joye,

Que cette chere veuë adoucit mes ennuis!

Et que j'en ai besoin dans le trouble où je suis!

Mais, plus tranquille enfin, daignerez-vous m'ap-
     prendre,

Quel bonheur à mes vœux vient ici de vous rendre!

Le fort nous montre-t-il un viſage plus doux!

THARE'S.

Ah, ma Fille! qui ſçait quel ſera ſon couroux?

Des murs de Manhaïm, j'ay veû les deux Armées,

D'une égale fureur à combattre animées;

J'ay veû le fier Joab chaſſant les Revoltez,

S'emparer de ce Camp, vaincre de tous coſtez,

Et le bras foudroyant, la main enſanglantée,

Diſperſer des mutins la troupe épouvantée:

Quel vain eſpoir, helas! peut nous eſtre permis?

Nous ne verrons icî que des yeux ennemis.

A peine du ſuccés le Roy s'eſt fait inſtruire,

Qu'en ces lieux ſes ſoldats viennent de me conduire;

Ses deſſeins juſqu'à moy ne ſont point parvenus;

Mais, helas! peuvent-ils ne m'eſtre pas connus!

On ne jette ſur moy que des regards farouches,

L'Arreſt de mon trépas ſort de toutes les bouches;

Je ſçay que plus ſenſible, & prompt à pardonner,

Le Roy voit à regret qu'il doit nous condamner;

Mais que peut-il pour nous lors qu'un peuple en furie,

Veut que l'on nous immole à ſa gloire flétrie?

Je vous tiens en tremblant un funefte difcours;

Cependant, fi le Ciel difpofoit de nos jours.

Ma Fille! croyez-vous pouvoir avec conftance,

Ne point trahir l'orgueil d'une illuftre naiffance...,

Vous vous troublez! je voy vos pleurs prefts à couler!

THAMAR.

Eh! pourquoy devant vous vouloir diffimuler!

Dois-je craindre à vos yeux de montrer ma foibleffe?

Mes larmes vous font voir la douleur qui me preffe;

Car enfin, je connois quel fera noftre fort;

Un ferment rigoureux nous condamne à la mort;

J'avouëray, que peu faite à cette affreufe image,

Malgré-moy je frémis lorfque je l'envifage,

Je ne vous promets point de braver le trépas;

Mais, Madame, du moins, je ne me plaindray pas.

Cependant Cifaï, pour calmer mes allarmes,

Me flattoit que la paix alloit fécher nos larmes;

Moy-mefme en vous voyant, reprenant quelque
    efpoir,

J'ay fait ceder ma crainte au plaifir de vous voir.

Quel nouveau trouble, helas! empoifonne ma joye!

Se peut-il qu'en ces lieux le Ciel ne vous renvoye,

Que pour me declarer juſqu'où va ſon couroux!

T H A R É'S.

Que ne puis-je, ma Fille, eſperer comme vous!
Heureuſes, toutefois, que le Ciel ſecourable,
Aux armes de David ſe montre favorable;
Car, quel que fut pour nous ſa pitié, ſon amour,
S'il éprouvoit du ſort un funeſte retour,
Proſcrites toutes deux par la publique haine,
Nous n'éviterions point une mort inhumaine...
Mais la Reine paroiſt.

S C E N E   I I I.

L A R E I N E.   T H A R É'S.   T H A M A R.

L A R E I N E.

AH, Madame! apprenez,
A quels affreux malheurs nous ſommes condamnez.
L'impie Achitophel, auteur de nos allarmes,
Voit la Victoire injuſte attachée à ſes Armes:
Nos vœux & nos ſoupirs ſembloient eſtre éxaucez,
Ce Camp pris par Joab, les Mutins repouſſez.

Tout

Tout flattoit nos defirs, quand trompant noftre at-
    tente,
Un traiftre a ranimé leur audace mourante,
Ils triomphent; nos Chefs abbatus, confternez;
Dérobent tout efpoir à nos cœurs eftonnez;
Celuy de qui je tiens cette nouvelle affreufe,
A veû prendre à Joab une fuite honteufe...
Que dis-je! Manhaïm, peu fidelle à fon Roy,
Semble, prefte à fon tour à luy manquer de foy:
Le peuple redoutant le fort qui nous menace,
Craint d'eftre envelopé dans la mefme difgrace:
Ainfi trouvant par tout des complots odieux,
Il n'eft de feureté pour nous que dans ces lieux.
Et quel azile, helas! dans un moment peut-eftre,
L'ennemi triomphant va s'en rendre le maiftre!

           THARE'S.

C'eft donc à mon trépas à venger vos malheurs.

           LA REINE.

N'aigriffez point encore de trop juftes douleurs;
Dans un tems plus heureux vous connoiftrez, Ma-
    dame,
Ce que le repentir peut produire en une ame.

                  N

Mes yeux ſur vos vertus, enfin ſe ſont ouverts;
Mais le Roy vient à nous, tous les momens ſont chers.

SCENE IV.

DAVID. LA REINE. THARE'S, THAMAR.

LA REINE.

LE Ciel s'obſtine-t-il à nous eſtre contraire !

DAVID.

Nos malheurs ſont trop grands pour pouvoir vous
    les taire;
A nos cruels vainqueurs rien n'a pû reſiſter,
Mais il leur reſte encor David à ſurmonter.
En vain devant leurs pas, à marché la Victoire,
Mes yeux ne ſeront point les témoins de leur gloire :
Et je cours....

LA REINE.

Ah, Seigneur ! où voulez-vous courir?
Que pouvez-vous encor !

DAVID.

Les combattre & mourir.

LA REINE.

Vivez plûtoſt; fuyons, cherchons un autre azile.

DAVID.

Trop de honte ſuivroit une fuite inutile.

A Tharés.

Madame, c'eſt pour vous que je viens en ces lieux;
Nos pleurs n'ont point trouvé grace devant les Cieux,
Vous ſçavez quel ferment vous lie à ma colere.

THARE'S.

Je n'en murmure point, il faut la ſatisfaire:
Mais ſouffrez qu'en mourant pour ſon injuſte E-
   poux,
Une mere éplorée embraſſe vos genoux;
Ma Fille... ce ſeul nom vous montre mes allarmes.

DAVID.

Ecoutez-moy, Madame, & ſuſpendez vos larmes.
C'eſt peu que mon ferment ait réglé voſtre ſort,
Un peuple audacieux demande voſtre mort;
Mes ſoldats, dont la honte irritera la rage,
Voudront venger ſur vous leur perte & leur ou-
   trage;
En vain à leur fureur je voudrois m'oppoſer,

Dans l'Etat où je ſuis, ils peuvent tout oſer,

Sauvez-vous ; par mon ordre en ces lieux amenée,

J'ay préveû de nos maux la ſuite infortunée.

Par des chemins ſecrets, mille de mes ſoldats,

Juſqu'au Camp du Vainqueur vont conduire vos

     pas ;

Partez. Souvenez-vous que de haine incapable,

David à la vertu fut toûjours ſecourable.

THARE'S.

Que le couroux du Ciel tombe plûtoſt ſur moy :

Non, je ne ſuivray point l'ennemi de mon Roy...

DAVID.

Abſalon ne l'eſt plus. Son repentir ſincere

A ranimé pour luy tout l'amour de ſon Pere ;

Le perfide Amaſa, le traiſtre Achitophel,

Le forcent d'accomplir leur projet criminel ;

Il n'oſe, ni ne peut arreſter leur furie :

Libre de mon ferment, je vous rends à la vie,

Allez : & toutes deux inſpirez à mon Fils,

De ménager encor nos communs ennemis.

Qu'à vos ſages conſeils ſans ceſſe il s'abandonne :

Pour la ſeconde fois ſon Pere luy pardonne,

Si le Ciel, à ce jour, a fixé mon trépas ;

Qu'il regne ; mais, fur tout, qu'il ne me venge pas.

Il eſt environné de traiſtres, d'homicides,

Et le Ciel, toſt ou tard, punira ces perfides.

Donnez tous quelques pleurs à mon fort rigoureux,

De voſtre amour pour moy, c'eſt tout ce que je

    veux :

Adieu ; puiſſe le Ciel, pour prix de ma clémence,

Ne lancer que fur moy les traits de ſa vengeance.

SCENE V.

DAVID. LA REINE. THARE'S.
THAMAR. CISAÏ.

CISAÏ.

TOut a changé, Seigneur ; la Victoire eſt à nous.

    Tout fuit du fier Joab l'implacable couroux,

Par tout on voit nos champs teints du fang des Re-

belles.

DAVID.

Dieu juſte ! tu punis leurs fureurs criminelles ;

Un moment te fuffit pour changer noſtre fort,

Et tu tiens en tes mains, & la vie & la mort.

C I S A ï.

Avant que l'ennemi chaſſé par voſtre armée,

Euſt repris ſa fureur, par ſa honte allumée,

Des ordres de Joab dix mille hommes inſtruits,

Dans les bois d'Ephraïm avoient été conduits;

A peine ils ſont cachez que l'ennemi s'avance,

Les traiſtres ſur leur front portent leur inſolence:

L'impie Achitophel, d'abord s'offre à nos yeux,

A la teſte des rangs, il marche furieux:

Joab feint quelque temps, de ceder à la crainte;

Par ſon ordre tout fuit, tout confirme ſa feinte;

Les Mutins en tumulte accourent ſur nos pas;

Quand Joab tout à coup arreſte ſes ſoldats,

Fait face à l'ennemi, qui ſans chef & ſans guide,

Saiſi d'étonnement, recule & s'intimide.

Cependant nos guerriers cachez dans les foreſts,

Sortent, & font pleuvoir un nuage de traits:

A leurs cris, dont au loin les échos retentiſſent,

Les Mutins ſont troublez, leurs viſages palliſſent:

Nous donnons; on entend crier de tous coſtez,

Périſſe Achitophel! Meurent les revoltez.

Cet infolent, en proye à fa honte & fa rage,

Semble chercher la mort au milieu du carnage,

Mais voyant que tout fuit, & qu'on veut l'arrefter,

A la terreur commune, il fe laiffe emporter,

Par l'ordre de Joab je m'attache à le fuivre,

Et Zamri que je trouve entre mes mains le livre.

Au fonds d'un antre obfcur: Quel fpectacle odieux!

Ahitophel mourant fe prefente à mes yeux.

Pour échaper aux traits de vos juftes vengeances,

Il s'eft chargé du foin de punir fes offenfes,

Et d'un mortel lien, empruntant le fecours,

Luy-mefme il a tranché fes déteftables jours.

Nous fortons; un grand bruit, au loin fe fait entendre,

J'y cours, & nos foldats s'empreffent de m'apprendre,

Qu'Abfalon qui fembloit, n'ayant point combattu,

Avoir pris le parti qu'éxigeoit fa vertu,

A l'afpect de Joab, Vainqueur comblé de gloire,

A voulu de fes mains enlever la Victoire.

DAVID.

Jufte Ciel! quel projet a-t-il voulu tenter!

THARE'S.

Ah ! mon Epoux eſt mort ; je n'en ſçaurois douter.

CISAÏ.

Non, Madame, il reſpire, & bientoſt ſa preſence,
Va, de voſtre douleur, calmer la violence.

DAVID.

Achevez ! qu'a-t-il fait !

CISAÏ.

Ralliant ſes ſoldats,

Il marche, plein d'audace, au devant de nos pas ;
Contre le ſeul Joab ſa colere l'entraîne ;
Il veut fondre ſur luy, mais ſa fureur eſt vaine ;
Sous un cheſne fatal paſſant rapidement,
Ses cheveux, de ſon chef malheureux ornement,
Se prennent aux rameaux de cet arbre funeſte,
Et ſemblent s'y lier par un pouvoir celeſte.
Quelque-temps ſur ſa force il fonde ſon appuy,
Mais ſon cheval fougueux ſe dérobe ſous luy,
Il reſte ſuſpendu ; les rebelles s'étonnent ;
Loin de le ſecourir les laſches l'abandonnent.
Cependant tous nos Chefs, pour conſerver ſes jours,
Suivis de leurs ſoldats, couroient à ſon ſecours :

J'y

J'y volois avec eux, lorfque Joab m'appelle,

Allez! portez au Roy cette heureufe nouvelle,

Me dit-il; l'Eternel a rempli fes deffeins,

Et fon Fils va bientoft eftre mis en fes mains.

LA REINE.

Dieu puiffant!

THAMAR.

Jour heureux!

DAVID.

Quoy, mon Fils va paroiftre!

De quel fuccés, grand Dieu! n'eftes-vous pas le

maiftre?

Quelle faveur... il vient, il s'avance en ces lieux...

Mais Ciel! en quel eftat s'offre-t-il à mes yeux!

SCENE derniere.

DAVID. LA REINE. ABSALON *mourant.*
THARES. THAMAR. CISAÏ.

DAVID.

AH! que vois-je, mon Fils! quelle image cruelle!
Quel eft ce fang! d'où vient cette pâleur mortelle! O

Le Ciel a-t-il toûjours eſté ſourd à ma voix?

ABSALON.

Je me jette à vos pieds pour la derniere fois.

DAVID.

Que dites-vous?

ABSALON.

Calmez la douleur qui vous preſſe.
Indigne de vos pleurs & de voſtre tendreſſe,
Mes odieux complots vous ont trop outragé,
Je meurs; le Ciel eſt juſte, & vous eſtes vengé.

LA REINE.

Quoy, mon Fils, vous mourez!

THARÉS.

Malheureuſe!

THAMAR.

O mon Pere!

DAVID.

Rien n'a donc pû fléchir la celeſte colere?
Tous nos Chefs, m'a-t-on dit, alloient vous ſecourir.

ABSALON.

Ils y volloient, Seigneur; mais, je devois périr.

Les Mutins ranimez ont voulu, pleins d'audace,

Rompre les nœuds cruels, auteurs de ma difgrace,

Et d'un trait qu'en fureur Joab avoit lancé,

Voftre malheureux Fils, en leurs mains eft percé,

DAVID.

Ciel! Joab....

ABSALON.

N'imputez mon trépas legitime

Qu'au traiftre Achitophel, ou plûtoft qu'à mon

crime.

L'Eternel, de Joab a guidé le couroux;

Je viens vous demander fa grace à vos genoux.

Trop heureux, quand je meurs, de joüir de la gloire,

D'avoir pû, fur ma haine emporter la Victoire.

A Tharés.

Vous le voyez Tharés; voftre Epoux malheureux

Veut fuivre, mais trop tard, vos confeils genereux:

Que de jours fortunez, fi j'avois pû vous croire!

J'ay perdu mon repos, j'ay foüillé ma memoire,

Je vous pers; vain regret, inutile tranfport,

Qui redouble en mon cœur les horreurs de la mort.

O ij

LA REINE.

O ſort impitoyable! O mortelles allarmes.

ABSALON.

Ceſſez de m'accabler en me montrant vos larmes,
Madame, ſous mes maux gémiſſant, abbatu,
J'ay beſoin à preſent de toute ma vertu;
Cachez-moy vos douleurs, épargnez ma foibleſſe.

Au Roy, en luy montrant Thamar.

Vous, Seigneur, regardez cette jeune Princeſſe.
Déja mille vertus, dignes de voſtre ſang,
L'élevent au-deſſus de ſon auguſte rang;
Je remets en vos mains, & la Fille & la Mere;
Daignez les adopter, & leur ſervir de Pere,
Veüille le juſte Ciel, comblant mes derniers vœux,
Aux dépens de mon ſang vous rendre tous heu-
    reux...
Mais ma raiſon s'éteint... ma force diminuë...
Et la clarté des Cieux ſe dérobe à ma vûë...
Je friſſonne... je ſens accroiſtre mes douleurs...
Seigneur... mon Pere... Ah Ciel! qu'on m'emporte,
    Je meurs.

THARES.

O mon cher Abſalon, pourray-je vous ſurvivre !
Non, non; dans le tombeau vous me verrez vous
    ſuivre.

Elle ſort.

LA REINE.

Je marche ſur vos pas, en proye à mes ennuis,
La mort ſeule les peut terminer.

DAVID.

O mon Fils.

F I N.

Page 88. dernier vers, liſez, Le Roy dans ſon Armée, enfin
vient de ſe rendre.

Approbation.

JE souffigné Sécretaire de l'Académie Royale des Inscriptions; certifie, que fuivant la déliberation de la
Compagnie, Mr Duché a fait voir la Tragédie d'Abfalon, qu'il a compofée par ordre du Roy, à M^r l'Abbé
Bignon, à Mr Pavillon & à moy; & aprés l'avoir exami-
née & leuë avec application, elle nous a paru trés-digne
d'eftre donnée au public. Fait à Paris ce premier Juin
mil fept cens deux.

L'ABBE' TALLEMANT.

www.ingramcontent.com/pod-product-compliance
Lightning Source LLC
Chambersburg PA
CBHW060826250626
47162CB00005B/1966